キマイラ21

堕天使変

夢枕 獏

角川文庫
22282

目次

人物紹介

大鳳 吼
おおとり こう

西城学園の1年生。
おのれの内に
キマイラを宿す。

久鬼麗一
くきれいいち

西城学園を中退した。
大鳳と同じく
キマイラを宿す。

イラスト／三輪士郎

九十九三蔵

つくも さんぞう

西城学園の3年生。心優しき巨漢。

織部深雪

おりべ みゆき

大鳳のクラスメイトの美少女。

亜室由魅

あむろ ゆみ

西城学園の3年生。妖艶な魅力をもつ。

真壁雲斎

まかべ うんさい

円空拳の使い手で、大鳳と九十九の師。

宇名月典善

うなづき てんぜん

異端の格闘家。龍王院、菊地の師。

菊地良二

きくち りょうじ

西城学園2年生。勝利への異常なまでの執着心を持つ元空手部員。

龍王院　弘《りゅうおういん　ひろし》

美貌の格闘家。
九十九、ボックに敗れ
再起を図っている。

フリードリッヒ・ボック

キマイラの謎を探る
ドイツ系アメリカ人。
気を操ることに巧み。

巫炎《ふえん》

キマイラを内に宿す
大鳳と麗一の実の父。
久鬼玄造に捕らえられる。

吐月《とげつ》

熊野山中で修行中の沙門。
かつて中国大陸で、
久鬼玄造と出逢っていた。

久鬼玄造《くき げんぞう》

麗一の父。
裏社会に通じる力を持つ。
過去に中国大陸を旅した。

そのほかの人物紹介

智恵子《ちえこ》

玄造の妹にして、大鳳と麗一の実の母。

亜室健之《あむろ たけゆき》

由魅の父親。ソーマの用法をはじめ、キマイラ化の真相について何かを摑んでいる。

ツォギェル
狂仏《ニョンパ》。由魅が、新宿の公園で闘う麗一とボックの前に連れてきた、謎の中年僧。

阿久津元　あくつ げん
麗一が信頼する空手部主将。反則技を連発する菊地に敗れている。九十九の親友でもある。

坂口正治　さかぐち せいじ
西城学園一年生。入学当時、大鳳や深雪に絡む不良であったが、雲斎の薫陶を受け、円空山を訪れるようになる。

岩村賢治　いわむら けんじ
通称「岩さん」。詩を詠む、自称自由人の路上生活者。渋谷を根城とし、出奔した大鳳の面倒をよく見ていた。

よっちゃん
渋谷を根城にする、心優しき路上生活者。岩さんと共に、大鳳のキマイラ化した状態も目にしている。

黒堂雷　くろどう らい
阿久津が一年生で入部した時の空手部主将。当時、三年生。青柴健吾《あおしばけんご》、赤城《あかぎ》志乃《しの》や、黄奈《きな》志悟《しさとる》らとともに「もののかい」と呼ばれるグループに属する。

白井文太郎　しらい ぶんたろう
阿久津が一年生の時、空手部で新入生の指導をしていた、当時二年生の先輩部員。

竹村柔心　たけむら じゅうしん
阿久津と同学年の空手部員。夏休み、箱根で行われていた空手部の「異常な」合宿から逃げ出し、同じく箱根の別荘で夏休みを過ごしていた麗一らのもとを訪れ、助けを求める。

グリフィン
金髪、碧眼で、麗一に似たたたずまいを持つ少年。誘拐された深雪を追ってきた菊地と対峙し、その肉を喰らう。

鬼哭《きこく》する虎

女がいないよう
女がいないよう

と 虎が哭《な》いているのである
月光を浴びながら
くろぐろともりあがった岩の上で
吠《ほ》えているのである

女がいないよう
女がいないよう

齢《よわい》千年
老いた虎が

月にむかって哭いているのである

おれはかつて
獣の王であった
屠《ほふ》ったえものは数知れず
獅子《しし》さえおれにひれふした

それでも
これでも
埋められぬ
喰《く》うに喰われぬ
肉もあり
爪のとどかぬ
月もある
あと千年は生きられぬ
いやさ万年生きたとて
とどかぬ爪のその先で
星はひかひか光るだろう

月はのんのんゆくだろう
星はひかひか
月はのんのん
だから
老いた虎のやつめは

　女がいないよう
　女がいないよう

と　哭くのである
月にむかって吼《ほ》えるのである
ようするにこれは
月夜の虎の物語なのであるが
昨夜の夢の
おぼろな残像のごとき
物語なのであるが
虎は
わたしが目醒《めざ》めるこの朝まで

薄暮の空の三日月のような爪で
明け方の空を
ひりきり
きりひり
掻《か》き続けているのである
ざらめのようなその舌で
舐《な》め続けているのである

――岩村賢治《いわむらけんじ》

序章

1

久鬼《くき》麗一《れいいち》は、九十九《つくも》三蔵《さんぞう》と黒堂《くろどう》雷《らい》が向きあうのを見ていた。

これまで、ここで、いったいどのようなことがあったのか、久鬼にはわからない。しかし、普通ではないことがここで起こり、それが今も進行中で、黒堂と向きあっている九十九は、おそらく自分よりも、ここで何が起こっているのかをわかっているのであろうとは思っている。

九十九と黒堂が、短い会話をしている。

黒堂が、九十九の腹に、みごとな膝蹴《ひざげ》りを入れた。

申し分のない膝だ。

しかし、久鬼は、九十九の腹筋が、それくらいの膝ではびくともしないことを、よく知っている。

黒堂は、やり方を間違っている。

ああいう膝が有効に働くためには、九十九と同じくらいの体重が必要なのだ。九十九と闘う時は、腹ではなく、頭部をねらうしかない。

もし、自分が九十九と闘うなら――

そこまで考えて、久鬼は、自分の首筋の体毛が、小さくそそけ立っているのを知った。

ぞくり、と背を疾《はし》りぬけるものがあった。

手足の無数にある虫が、一瞬、そこを這《は》ったような……

それが、どういうレベル、あるいはどういうルールの闘いであるかによるが、たとえば頭部には脳がある。いくらボディが丈夫でも、脳は鍛えられない。脳を揺らしてやるのがいい。

その方法は色々あるし、頭部には、脳だけじゃなく、もっと弱いところがある。

たとえば、眼……

ぞくり、ぞくりと、また、虫が這う。

何を考えているのか。

この自分は――

何かがおかしい。

阿久津元《あくつげん》が、倒れぬように抱え起こしている白井文太郎《しらいぶんたろう》の額、鼻、口から鮮血が流れ落ちている。

その血の臭いがわかる。

脳が痺《しび》れるような官能的な臭いだ。

なんだ、この感覚は――

そこまで考えた時、黒堂の頸《くび》の右側に、赤黒く痣《あざ》が浮きあがるのが見えた。

その時、黒堂が変貌《へんぼう》したように、久鬼には見えた。

視覚的な黒堂の肉体の大きさは変化がないのに、肉の内部に、何かの見えない力が膨れあがってきたように思えた。

黒堂が、人とは思えない速度で、九十九に襲いかかる。

その黒堂を、九十九がスープレックスで投げた。

黒堂の身体が、弧を描いて土の上に落ちた。

落ちる寸前まで、九十九は、黒堂の身体をキープしていたわけではない。技の途中で、黒堂の身体をひきはがし、大きく後ろへ放り投げたのだと言っていい。

黒堂は、四つん這いの姿勢で、地面に降り立った。

そこから、九十九を睨《にら》む。

九十九は、もう、黒堂の方に向きなおり、黒堂の視線を受けていた。

その九十九の左頬から頸にかけて、尖《とが》ったもので搔いたようなぞっとする傷がついていた。そこから、血が流れ出している。

それを見て、さらに、

ぞくり、

と、久鬼の背に何かが疾りぬける。

凶暴な何かが、自分の肉の奥に生じ、それが、全身の細胞のひとつずつにまで染みわたってゆく感覚――

自分の肉が、何か別のものに変貌してゆくのではないか。

大きな、圧倒的な力。

その時――

久鬼の肩を、後ろから、

ぽん、

と、叩《たた》いてきた者がいた。

久鬼が、後ろを振り返る。

白髪の老人が立っていた。

「来たのか、久鬼……」

老人が言った。

真壁雲斎《まかべうんさい》であった。

2

油断した。
九十九は、そう思った。
後方に投げた時、充分な注意をした。
蹴られぬように。
髪を摑《つか》まれぬように。
眼に指を入れられぬように。
鼻の穴に指を入れられぬように。
他にも幾つか。
そういうタイミングで投げた。
しかし、まさか、爪で引っ掻いてくるとは——
そこまで想定していなかった。
ちょっと前に、膝を入れてきた人間とは、もう、別のものに黒堂はなっている。
相手を、人と思ってはいけない。
獣だ。
相手が猫ならば、引っ掻いてくることを想定して闘う。嚙《か》んでくることを想定して闘う。これは、そういう相手だ。単に、常人よりも瞬発力があるだとか、瞬間的な判断力――というよりは直感力が優れているというだけの相手ではない。

獣――

しかも、格闘技術を持った獣なのだ。

頬と頸から流れ出た血が、首筋を伝い、襟から胸へ這い込んでゆく感触がわかる。

不思議なほど、周囲は静まりかえっている。

一年生、二年生、三年生が、ふたりの闘いを見守っている。

誰も、この闘いを止めようとはしない。

空手部の暗黙のルール――試し合いと思っているのか。それとも、九十九と黒堂の闘いの中に、圧倒的な何かを見て、声もかけられずにいるのか。

あるいはその両方であるのか。

阿久津と白井を追ってきたはずの上級生たちも、九十九と黒堂を囲んで、その闘いを見つめているのである。

黒堂は、四つん這いになったまま、口を大きく左右に引いて、開いている。白い上下の歯が覗《のぞ》いている。一見、嗤《わら》っているようにも見えるが、もちろん、嗤っているのではない。

それに、四つん這いと言っても、親が子供を背に乗せてお馬さんごっこをやる時の姿勢ではない。あれは、両腕が肩からほぼ垂直に直下に伸びているし、ついているのは足の裏ではなく膝だ。

今の黒堂の姿勢は、両腕を左右に広げ、手を地につけている。両足も、左右に広がって、足の裏を地につけているのである。バッタと蜘蛛《クモ》の中間に近い姿勢である。

人が、そのような体勢をとると、どこかバランスの崩れた、無理な感じを見る者に与えてしまうのだが、黒堂のそれは、バランスがとれていて、むしろ自然な感じさえあった。

ただ、奇怪であったのは、人が、そういう体勢を自然なバランスでとっているということであった。

異様で不気味な光景であるということには間違いがない。

ふしゅるるる……

黒堂が、その姿勢から、呼気を吐いた。

黒堂の口の中にあった唾液が、飛沫《しぶき》となって飛んだ。

ざざっ、
と、不意に黒堂が動いた。

九十九に向かって、あの蜘蛛の速度で這い寄ってきたのだ。

「むうっ」

九十九は、右足を上へ振りあげた。

「しゃっ」

九十九が、その右足を踏み下ろす。

踵《かかと》で、黒堂の頭部を打とうとしたのだ。

黒堂の、頭の位置は低い。

下から掬《すく》いあげるように蹴るよりは、踏む方がいいとの判断からである。

しかし、九十九の右足は、黒堂の頭ではなく、地を踏んでいた。

振りあげた分、動きが遅れたのである。

黒堂は、横へ動いていた。

九十九の左。

左から、黒堂が襲ってきたのと、踏みつけたばかりの右足を軸にして、九十九が宙に左膝を浮かせるのと、ほとんど同時であった。

捕らえられていた。

九十九の左脚が。

黒堂が、全身で、九十九の左脚にしがみついていたのである。

「ちいいいっ」

九十九の、脚力は凄《すさ》まじかった。

黒堂をしがみつかせたまま、九十九は、左脚をそのまま浮かせていたのである。

九十九は、浮きあがってきた黒堂の顔面に、右の拳《こぶし》を打ち込もうとした。

かっ、
と、黒堂は口を開いた。
飛んできた九十九の右拳を、黒堂は口で受けようとしたのである。
人間とは思えぬほど大きく、黒堂の口が開いた。
それでも、九十九の拳は、大き過ぎた。
めぎっ!!
黒堂の、上下の歯が折れていた。
上の前歯が三本。
下の前歯が三本。
合わせて六本。
それでも、黒堂は、九十九の右拳に嚙みついてきた。
上下の歯が折れただけ、その分、九十九の拳が中に入り易くなったのである。
右拳を、九十九が引いた。
おもいきり——
一瞬、黒堂の身体が、宙に浮いた。
凄まじい九十九の腕力だった。
そして、黒堂の頸の筋力も桁違《けたちが》いだ。
宙で、拳が口から離れた。

そのついでに、さらに三本、黒堂の歯が折れていた。

黒堂が、九十九の前に、立つ。

大量の血が唇の両端から涎《よだれ》と混ざって流れ出ている。

折れて血にまみれた歯が、ふたつ、唇にはりついている。

九十九の拳も、血にまみれていた。

黒堂の血と、そして、九十九自身の血が混ざったものだ。

「凄《すご》いな……」

九十九が、つぶやく。

これほどまでとは——そう考えていたのがわかる。

「おもしろいなあ……」

うっとりとした声で、九十九は言った。

生まれて初めて——

全力で闘うことができる。

自分が本気を出していい相手がいる。

これまで、そういう相手はふたりしかいなかった。

それは、師である真壁雲斎と、兄である九十九乱蔵《らんぞう》のふたりである。

しかし、このふたりは、いくら自分が本気を出しても、むこうが本気ではないのがわかる。そうすると、どこかで、こちらの力も出しそこねているようなところがある。

ところが、今、眼の前にいる黒堂は、本気だ。

その本気に、こちらも本気で応えていいのだ。

わくわくする。

心臓が鳴る。

その鼓動が、さらに血を躍らせる。

闘う、ということが、こんなに楽しいものだったなんて。自分という存在が、はじめて、宇宙の中で自由を得たような気がする。狭い水槽の中にいた魚が、広い海に放たれたような気がする。

自分は、存在を許された——そういう思いさえ、九十九は味わっていた。

それが、おもしろいなあ、という言葉になってあらわれたのだ。

しかも、この闘いの中には、死の危険までもが存在している。

九十九は、太い唇の右端を吊りあげた。

嗤ったのだ。

白い、獰猛《どうもう》な右の犬歯が覗いた。

深く、腰を落とす。

両手の指先を揃え、親指を折る。

左掌《ひだりて》——左の手の平を黒堂に向け、右腕は軽く引いて、右の手の平は地面へ向けて、大地を軽く押さえるように——

円空拳《えんくうけん》。

中国武術の八卦掌《はっけしょう》をもとにして、雲斎が考えた術理《じゅつり》である。

この左右の掌が、動きによって、瞬時に拳になり、空手で言う一本拳になったりする。

打撃をベースに、投げ技も、擒拿術《きんなじゅつ》——関節技も入っている。

黒堂が、そろり、そろりと、九十九の周囲を右へ回りはじめた。

それに合わせて、じりっ、じりっと、九十九も身体を動かしてゆく。爪先と踵だけの動きで、いつも、正面が黒堂に向くようにする。

「じゃっ!!」

黒堂の右足が、九十九に向かって飛んでくる。

左手で受け、手首を小さく回転させる。

回転というほどは動いていないが、円の動きであるには違いない。

黒堂の右足が、すうっと、横に流される。

九十九の身体が、空気のように動いて、黒堂の懐に入ってゆく。

黒堂の左の拳が、九十九に向かって飛んでくる。

蹴りは、誘いだったのだ。

むろん、九十九には誘いとわかっている。

その誘いに乗ったのだ。

黒堂の左の拳に、九十九の右手の甲が、下から触れる。

九十九が、立ちあがる。

深く落としていた腰が、浮きあがってゆく。

自然に、九十九の右手の甲が、下から黒堂の左拳を押しあげることになる。いくらも力はいれない。

するりと、九十九の右手の甲と、右腕の上を、螺旋《らせん》を描くように黒堂の左拳がすべってゆく。

ちょっと、九十九が右肘《みぎひじ》を持ちあげると、黒堂の左拳が、上方へ逃げてゆく。

立ちあがりながら、九十九が、左掌で、黒堂の胸を叩いた。

「吩《フン》!」

いくらも力を入れているようには見えなかったのに、身体の前面で、何かが爆発したように、黒堂の身体が後ろに飛ばされた。

黒堂が、九十九に向かって右足を跳ねあげてから、まだ、一秒も過ぎてない。

その、わずかな時間の攻防であった。

後ろに飛んだ黒堂の身体を、九十九が追った。

動きにとぎれがない。

組む。

九十九が、黒堂の右の襟を左手で握った。

組んで、投げようとしたその瞬間、

ぶっ、
と、黒堂の口の中から、血が吐き出された。

その血の中に、折れた歯が二本まざっている。それが、九十九の顔面を襲ったのである。

九十九は、一瞬、眼を閉じた。

二本の歯は、それぞれ、九十九の鼻と左頬に当たった。

眼を開いた時に見えたのは、歯のない口で笑いながら自分に迫ってくる黒堂の顔であった。

頭突き――

黒堂は、自分の額を、九十九の顔面にぶちあててきたのである。

拳は、入らない。

黒堂の額と、自分の鼻頭との間に入るのは、拳ではなく掌であった。

九十九は、顔を後方へ引きながら、右掌を、迫ってくる黒堂と自分の鼻頭との間に差し込んだ。

黒堂の額を、九十九の右手が摑む。

プロレスのアイアンクローだ。

「吩《フン》！」

右掌から、黒堂の頭部に、気を注ぎ込む。

もしも、黒堂が、憑《つ》きものか、呪《まじ》か、その類《たぐい》のものによって操られているのなら、これで、それが落ちる。落ちないまでも、何らかの変化が生ずるはずであった。

が――

「くわっ」

黒堂が、その頭部を、九十九の右手の中から逃がした。

これはしかたがない。逃がしたくなければ、左手で相手の後頭部を押さえるか、後頭部を地面か壁に押しつけておくしかない。

黒堂が、右に回り込んでゆく。

何も、変化がない。

どういうことか。

何かが憑いたか、呪《まじ》によるものでないなら、黒堂が発動させている、この異様な筋力と、気の圧力は、どこから生じているのか。

九十九が一瞬迷った隙をついて、黒堂が、連続して攻撃を仕掛けてきた。

突き。

蹴り。

突き。

肘。

膝。

拳。

指。

そのことごとくを、九十九は、受け、流し、はじき、かわした。

しかし、髪の毛ほども気を抜けない攻撃であった。

もしも、急所にもらったら、いくら九十九であってもただではすまない。

九十九が、それをしのいで、右の拳を、黒堂の顔面に向かって打ち込んだ時——

黒堂が、それを、正面から受けた。

わざとであった。

わざとであると、入れた瞬間にわかった。

わざとでありながら、しかも、九十九のその攻撃の威力を殺していた。

頭部を後ろへ引きながら、九十九の腕を、両手で捕らえてきたのである。

両手で捕らえ、そして、嚙みついてきたのだ。

前歯の多くは失《な》くなっているから、嚙んできたのは、数本の歯だ。

わずかな歯が、九十九の太い腕の筋肉の中に潜り込む。

九十九は、腕に力を込める。筋肉の束で潜り込んできた歯を挟み、摑み、おもいきり引いた。

歯が二本、折れた。

黒堂の頭部を、両手で摑む。

手前へ引き寄せながら、九十九は跳んだ。
九十九の巨体が、宙に浮きあがる。
右膝が、黒堂の顔面に潜り込んだ。
黒堂が、仰向けに倒れる。
さすがに、これは、手加減した。
殺したくない。
その思いが、九十九にはあった。
終わったか⁉
いや、終わりではなかった。
黒堂は、むくりと、身を起こしたのである。
歯のない口で、嗤っている。
これで、まだ動くのか。
まだ、闘おうというのか。
この男を止めるためには、もう、殺すしかないのか。
できるわけはない。
その時、恐怖の思いが生まれる。
普通の人間なら、その顔を見ただけで、闘う気力が萎《な》えてしまうだろう。
しかし、もちろん九十九は常人ではない。

立ちあがりかけた黒堂の背後に回り込む。

太い右腕を、黒堂の頸に、背後から巻きつけた。

裸絞《はだかじめ》——

通常であったら、襟を使うところだが、九十九は、直接頸動脈を絞めた。

頸のところにある太い血管、頸動脈を絞め、脳に血をゆかなくさせる技だ。

痛みなら、我慢できても、これは、我慢がきかない技だ。脳に血が——つまり、酸素がゆかなくなれば、わずかな時間で、ブラックアウトする。

気絶してしまう。

そういう技であった。

すぐに、九十九の腕の中で、黒堂が動かなくなった。

腕を解《ほど》くと、黒堂の身体が、そこにくずおれた。

称賛の声や、拍手は、むろん、ない。

九十九は、ゆっくりとそこに立ちあがった。

周囲を見回した。

ない。

そこにあるはずの顔が、九十九の周囲から消えていた。

久鬼麗一、亜室由魅《あむろゆみ》、真壁雲斎、そして、赤城志乃《あかぎしの》と、黄奈志悟《きなしさとる》の姿が、その場から消えていたのである。

一章　獣競《けものくら》べ

1

久鬼麗一は、山の中を歩いている。

径《みち》はない。

森の中である。

夜——

夏ではあるが、標高があるため、気温はそれほど高くない。さらには夜であるため、シャツ一枚でちょうどいいくらいであった。

二頭の獲物を追っている。

赤城志乃と、黄奈志悟だ。

はからずも、今、自分がハンターとなって狩りをしているのである。

ふたりを追って、合宿所を出たのは、しばらく前のことであった。

真壁雲斎に声をかけられた時には、本当に驚いた。

どうしてここに、雲斎がいるのかと思った。

黒堂と九十九の闘いが始まった時だ。

「どうしてここに？」

「いろいろあってな」

「九十九と――」

一緒だったのかと、そう問おうとしたのだが、雲斎は、久鬼が口にしかけた言葉を遮って、

「あやつなら、心配はいらん。多少の怪我はするかもしれんが、たまにはそれくらいいよかろう――」

そう言った。

この口調からすると、雲斎は九十九がここにいることを全て承知していることになる。

「話はあとだな」

雲斎は、九十九と同様のことを口にした。

「わしは、ちょっとやっておくことがある」

「やっておくこと？」

「すぐにもどる。その間、あそこにいるふたりを見張っておいてくれ――」

雲斎は、ふっと、視線を横にずらした。

　そこに、黄奈志悟と赤城志乃が立って、九十九と黒堂の闘いを見つめている。

「黄奈志悟と、赤城志乃？」

「そうだ。頼んだぞ」

　言って、すうっと雲斎はその場を離れた。

　いったい、どういうことなのか。

　どうして、あのふたりを見張らねばならないのか。

　そう考えているうちにも、視線は、つい、九十九と黒堂の闘いの方に向いてしまう。

　横にいる亜室由魅も、雲斎のことは気になっているようであったが、視線は、九十九と黒堂の闘いの方に向けられている。

　九十九の頬から流れている血――

　その血を見て、もぞりと背を這うものがある。

　黒堂の口から流れる血を見ると、身体が細かく震えてくるのである。

　自分の裡《うち》に棲《す》む、これまで気づかなかった何者かが、それを悦《よろこ》んでいるらしい。

　悦ぶ？

　悦んでいるのか、おれは、これを⁉

　思えば、竹村柔心《たけむらじゅうしん》の、血の滲《にじ》む変形した顔を見た時から、これは始まっていたのだ。

　何が始まったのか。

　何がかはわからないが、何かが始まってしまったのはわかる。

自分の肉の底で、何かが産声をあげたのだ。

何かが目覚めたのだ。

そして——

わかる。

九十九と黒堂が流している血の臭いまでがわかるのだ。

はっきりとわかる。

かぐわしい血の臭い。

きるるるる……

肉の奥で、何かが哭く。

その声が、脳を痺れさせる。

甘美だ。

今、眼の前で繰り広げられている光景よりも、自分の肉の奥で始まった、この誕生しようとしているものの方に、久鬼は気をとられていた。

そうして——

気がついたら、赤城志乃と黄奈志悟の姿が消えていたのである。

しまった。

どこへ行ったのか。

周囲を、眼でさぐった。

いない。

どこにもいない。

自分が、九十九と黒堂の闘いに——いや、自分のことに気をとられている間に、ふたりがどこかへ行ってしまったのである。

失態だ。

もし、いなくなったのだとしたら——

建物の中か。

外か。

外だろう——そう思った。

逃げたのならば。

確かめに行かなくてはいけない。

しかし、横に、由魅がいる。

久鬼は、由魅に声をかけるかどうかを迷った。

声はかけない方がいいだろうと思った。

すぐに決心はついた。

声をかけずにゆくことにした。

それも、知られないように。

幸いにも、由魅は、九十九と黒堂の勝負に夢中になっている。

久鬼は、すっ、と退《さ》がった。

由魅よりも、後ろまで——

由魅は、気がついていない。

九十九と黒堂の闘いに、心を奪われているらしい。

それを確認して、久鬼は、九十九と黒堂の闘いに背を向け、門をくぐって外へ出たのである。

まず、左を見る。

仙石原《せんごくばら》の方角だ。

そこに、久鬼は、巨大な黒い獣がうずくまっているのを見た。

左側の、奥——

そこに、一台の車が停《と》まっていた。

トヨタのランドクルーザーである。

古いタイプの40系だ。

それが、闇の底で、獣のように凝《じ》っと動かない。

どちらへ行ったか。

仙石原の方へ抜けたか。

芦ノ湖方面へ向かったか。

最終的に向かおうとしているのは、乙女峠を越えた先にある御殿場か。

芦ノ湖からさらにあがって、三島へ下るか。伊豆方面へゆくか、熱海、湯河原に下るか。

それとも、やはり、小田原か。

そもそも、何故、ふたりは抜け出したのか。

門を出て、いきなり森へ入ったか。

血が、ふつふつと滾《たぎ》っている。

血は熱くなっているのに、意識は澄んで、五感が研ぎすまされている。

風が、木の葉を揺する音もよく聞こえた。

葉と葉が触れ合う音のひとつずつまでもが聴き分けられるような気がした。しかも、その樹の種類までも。

この、男女がひそひそと囁《ささや》き合うようなのは、楓《カエデ》の葉だ。

眠れない子供たちが、夜のベッドの上でずっと話を続けているようなのは、櫟《クヌギ》の葉であろう。

そういう音が、何百、何千、何万、何億。

それが、聴き分けられる。

樹の幹の中で、カミキリムシの幼虫が、樹を嚙む音。

小さな虫が、枯れ葉の上を歩きながら細い爪を立てる音。

枯れ葉が、微生物に分解されて、森へ還《かえ》ってゆく音までが聴こえているようであった。

そして、匂い。
青葉の匂い。
樹から滲み出る樹液の匂い。
闇の中にいる野生の鹿の匂い。
狸《タヌキ》の親子が、五日前に排泄《はいせつ》した糞《ふん》が、大地に溶けかけた臭い。
夜の森のなんと豊饒《ほうじょう》で、なんとあでやかなことであろうか。
ほとんど感動的な音と匂いだ。
色彩が豊かで、匂いには色までついているようであった。
森の様々な匂い――
その中に、微《かす》かに人の匂いがする。
男と女――
女の方が強い。
香水を使っている。
由魅のものではない。
では、これが、赤城志乃の匂いなのであろう。
森か？
久鬼は思う。
合宿所の門を出て、ふたりは、左へも右へも行かず、正面の森の中へ入ったのだ。

こっちか——
久鬼は、ためらわずに、森の中へ足を踏み入れたのであった。

2

間違いなく、近づいている。

久鬼はそう思った。

何故なら、ふたりの匂いが濃くなってきているからだ。

おそらく、ここは小塚山の山麓《さんろく》のどこかであろう。

自分が追っていることに、ふたりは気づいてない。

自分は、ふたりを追いつめている。獣になったような気分だ。その気分が、久鬼の血の温度をあげている。

追って、追いついて……

どうする⁉

久鬼は自問する。

合宿所にもどってくれと頼むのか。

そう申し入れれば、わかりましたとふたりはもどるのか。

もどるまい——と久鬼は思う。

また、おとなしくもどって欲しくないとも思っている。

できることなら――

ああ。

いったい、何を考えているのか。

このおれは。

だが、ふたりは、どこへ向かおうとしているのか。

通常の道を行かなかったのは、追ってきて欲しくなかったからだと考えれば理解できる。

しかし、夜にあえて、このような山の中を歩くというのは、普通ではない。

ハンドワイトのような、灯りを持っているのか。

久鬼自身は、不思議なほど周囲がよく見えていた。

空には月があるとはいえ、森の中にまで入り込んでくる光はごくわずかである。普通の人間は、灯りなしには歩けない。なのに自分は歩けている。

久鬼にとっては、さすがに昼のようにとは言えないが、歩くのに充分な光量があるのである。

自分の身体に、何かが起こっているのだと思う。

ふたりの臭線《しゅうせん》が途切れると、森の大気の中の、様々な高さに、鼻先を差し込む。

森の大気には、様々な流れがある。

低い、地上付近を流れるもの、腰の高さを流れるもの、頭の高さを流れるもの、それらが、木立に当たり、流れを変え、右に、左に移動する。その流れの中に、匂いをさぐるのだ。

風が強ければできないことだが、今夜は風が強くない。さらに、森の中は風が弱い。

だからこそやれることであった。

それでもわからなくなった時は、地面に両手をつき、割れた枯れ葉を捜す。人の体重が乗って、折れた小枝、そういうものを捜すのだ。

そして、匂いを嗅《か》ぐ。

そして、見つける。

まるで、犬のようだ。

そうして、四つん這いになった時、その格好の方が、自分の姿として自然であるような思いにとらわれる。

二足歩行でなく、四足歩行。

獣のようだ。

しばらく、四つん這いになったまま、臭線をたどって移動してしまった時は、自分でも驚く。

おれは、普通ではない。

追ってゆくうちに、匂いが強くなってきた。

もう、近くにいる。

そう思った時――

く、
く、
という、低い笑い声が響いてきた。

闇夜に鳴く鳥か小動物のたてる声が、笑い声のように聴こえたのか？

久鬼はそう思った。

そうではなかった。

それは、確かに人の笑い声だった。

何故なら、その声が、途中から人の言葉に転じたからである。

「誰かと思ったら、久鬼くん、あなたでしたか――」

その声の方へ顔を向けた時、眩《まぶ》しい光が、久鬼の眼を射た。

強烈な光だった。

声の主が持っているハンドライトの灯りだった。

久鬼の瞳孔が、めいっぱいに開かれているため、ただのライトの灯りが、強く網膜を刺激したのである。

「どうしたのですか、その格好は。まるで、犬ですね」

言われて、久鬼は、自分が四つん這いになっていることに気がついた。

「何人かで、犬でも連れて追ってきているのかと思いましたが、まさか、ひとりで、しかもあなたが犬だったなんて――」

微かな含み笑いが混ざっている声だった。

黄奈志悟の声だった。

「きみでよかった……」

黄奈志悟の声が言った。

「合宿所を出てきたんですが、せっかく呼んだあなたを、あそこに残したままだったことが、気にかかっていたんですよ……」

何か妙だ。

どこか普通じゃない意味のことを言っている。

何かがずれている。

どういうことなのか。

「わたしも……」

という声が聴こえた。

赤城志乃の声だ。

久鬼は、立ちあがった。

緑色に光る点が、四つ、灯りの向こうに見えていた。

二対の獣の眸《め》が、久鬼を見つめているのである。

一対は高く、それに並んだもう一対は、低い。

黄奈志悟と赤城志乃の眸だ。

「木村《きむら》たちの血を飲んだな」

低い声が、自分の口から出るのを、久鬼は聴いた。

そんなことを口にするつもりじゃなかった。

しかし、口にしてみてわかった。

竹村柔心の言うことを耳にしてから、ずっと考えていたことだ。ずっと心に思っていたことだ。

「ええ、飲みましたよ……」

黄奈志悟の声が響く。

その声が耳から脳に届いてきた時、久鬼は気が遠くなりそうになった。

高い声をあげそうになった。

うらやましい――

そう思ったからだ。

肉のどこかで、涎にまみれた赤い舌が、自身の肉を舐めまわしているような気がした。

「飲んだわ……」

赤城志乃の声が響く。

ああ——

おれも……

　おれも、その血を飲みたかった。

　それだけじゃない。

血が滴る肉を喰いたかった。

まだ、湯気の出ている生の肉に顔を突っ込んで、ぞぶり、ぞぶりと、思うさま肉を貪《むさぼ》り喰ってみたかった。

「きみの血も、飲みたかった……」

黄奈志悟が言う。

「きみは、特別だからね。きみは強い。普通の人間とは違うから。ぼくにはわかるんだよ。ぼくも、普通と違うから……」

ふっ、
と、灯りが消えた。

一瞬、周囲が闇となった。

明りに眼が慣れていた久鬼にとっては、いきなり光のない穴の中に落とされたようなものだ。

ざっ、
と、地を蹴る音がした。

何かが、宙に舞った。

上を見た。

月が見えた。

その月が、何かに塞《ふさ》がれたように消えた。

久鬼は、横に跳んで、地に転がった。

ざん、
と、さっきまで久鬼が立っていたところに、何かが降り立った。

降り立って、四つん這いになった。

獣!?

いや、獣ではない。

獣というよりは、四つ足の蜘蛛のようなものだ。

膝をつき、右手を地についている久鬼より、なお低い位置から、一対の緑色に光る眸が久鬼を見つめていた。

黄奈志悟だ。

凄まじい——というよりは、吐き気を催すような妖しい気が、ぞわぞわと久鬼に寄せてくる。

明らかに、さっき見た黒堂よりも、その気が強い。

「おまえ、あの黒堂と同じ……」

と久鬼が言った時、

「違いますね」

黄奈志悟が言った。

「黒堂と一緒にしないで下さい。あの黒堂に命令していたのは、ぼくですから——」

なに⁉

しかし、その言葉が本当であると、久鬼にはもうわかっていた。黄奈志悟は嘘をついてない。

黒堂とは、何かが桁違いであった。

じわり、と、黄奈志悟が前に出た。

久鬼が、退がる。

退がって、立ちあがる。

と——

ざざざざ、
と黄奈志悟が、不気味な速度で地を這ってきて、跳んだ。

久鬼が、身をかわす。

それでも、頰に衝撃を受けた。

久鬼の頰肉が裂けていた。

そこから、生あたたかい血が流れ出して、頰を伝う。

久鬼のすぐ眼の前——いや、すぐ先の地面に、黄奈志悟の顔がある。

その顔が、笑っていた。

「ほら、血が出た……」

黄奈志悟が、嬉しそうに言った。

妖怪か。

化物か。

何か、普通でないことが起こっている。

しかし、普通でないというなら、自分も同じだ。

このただ中にあって、自分の身体の中の血という血が、ぐつぐつと滾っているのがわかる。

「きみの血を、吸わせてもらいますよ……」

黄奈志悟が言った。

何⁉

なんだって⁉

このおれの血を吸うだって⁉

きさま、何という馬鹿なことを言うのか。

「あらがっても駄目ですよ。きみを支配するのは、わたしですから——」

何だと？

何だと!?
何だと!!
このおれを支配するだって!!?
違うぞ、黄奈志。
久鬼の身体が、ぶるり、と震えた。
何故震えたのか、久鬼にもわからなかった。
ただ、違うと思った。
何故、自分が、こんなやつに支配されねばならないのか。
何故、自分が、こんなやつに血を吸われなければならないのか。
違うぞ。
何故なら、おれの方が上だからだ。
このおれの方が、おまえより上なのだ。
おまえ、知らないのか。
このおれの肉の中で、今、滾っているものを。
今、吼えているものを。
この血が、煮えたようになっているのを。
これが、どうしておまえより下なんだ。
これが、どうしておまえに喰われねばならないのだ。

「思い違いをしないでもらいたい……」
久鬼は、やっとそう言った。
その声が震えていた。
声だけではない。
身体までが震え出している。
「あなたを食べるのは、ぼくの方ですから……」
久鬼が言った時、黄奈志悟が、かっと口を開いた。
チイイイイイイッ、
黄奈志悟が、鳴いた。
もはや、人の声ではなかった。
それに呼応するように、久鬼は、白い喉《のど》を、天に向かって垂直に立てた。
月が見えた。
綺麗な月だった。
久鬼が、口を大きく開いている。
その久鬼の口から、声が洩れた。
ひゅううううううううう～～～～
るういいいいいいいいい～～～～

高い、美しい、金属質の、青い声であった。
その声が、天に向かって昇ってゆく。
森の樹々の梢を越え、雲を越え、月に向かって、青い龍のように風の中を昇ってゆく。

ああああああああああああ〰〰〰〰〰〰
ろろろろろろろろろろろろ〰〰〰〰〰〰

久鬼が、天に向かってひしりあげた。
内臓も、肉も、骨も、身体の中にあるもの全てを、その声に変えて吐き出してしまえ。
血も。
歯も。
あらゆるものを。
そういうものだけではない。
想いも。
あの、海で見た母のことも。
ああ——
何だったか。

あの時、母は何と言ったのか。
風が吹いていた。
陽射しがあった。
髪が風に揺れていた。
海の匂い……。
波の音……。
——あなたは、だあれ？
ああ、あれもこれも。
何もかも。
みんな、いい。
みんな、どうでもいい。
どうにかなってしまえ。
散りぢりに消え去ってしまえ。
その結果、このおれが人間でなくなってしまうのなら、それはそれでかまうものか。
九十九——
真壁雲斎——
みんな、地上のことだ。
いいか。

黄奈志、支配するのは、おまえじゃない。

おれだ。

おれは、獣の王だ。

全ての生命は、おれの前にひれ伏すのだ。


あ〜〜〜〜〜〜〜〜〜〜〜〜〜〜〜〜

るう〜〜〜〜〜〜〜〜〜〜〜〜〜〜〜〜〜〜〜〜〜〜〜〜〜〜〜〜〜

い〜〜


久鬼は、歓喜していた。

地を這って、黄奈志悟が、久鬼に迫ってきた。

「シッ」

久鬼は、右足を振りあげて、それをひと呼吸で踏み下ろした。

黄奈志悟の頭部を、踏みつけてやろうと思ったのだ。

しかし、踏めなかった。

黄奈志悟は、這い寄ってきた速度を殺さずに、横へ跳んだのだ。横へ跳んで、そこにあった楢《ナラ》の幹にしがみついた。しがみつき、そのまま幹を這い昇ってゆく。

人間にできる動きではなかった。

ざざっ、
と、音をたてて、黄奈志悟の姿は、頭上の梢の中に消えていた。

黄奈志悟の姿を追って、久鬼が見あげた空に、月が浮いていた。

樹の梢の透き間から覗く月だ。

その月の横の枝が、大きく上下に揺れている。

梢の中に、黒いわだかまりがあって、その黒いわだかまりが、枝を大きく揺すっているのだとわかった。

黄奈志悟だ。

ひときわ大きく枝がたわんだ。たわんだその分、枝がこれまでよりいっそう大きく跳ねあがる。

ざわっ、
と、枝を鳴らして、黄奈志悟の身体が月の中に浮きあがり、さらに高い、別の樹の梢に移動した。

待て、と思う。

逃げるか。

おれの獲物のくせに。

追う。

追えるのか。

追える。

やつができるのなら、おれだってできる。

何故なら、自分は獣の王だからだ。

やつが昇ったあの樹の幹を駆けあがり、あの枝を摑んで、いっきに身体を引きあげ、次にはあの枝を――

できる。

しかし――

邪魔だな。

そう思う。

この身につけているものが。

スニーカーと、靴下を脱ぎ捨てた。

素足に、土と草の感触が心地よい。

着ていたシャツの襟を左右の手で握り、引き裂く。

そして、脱ぎ捨てる。

ズボンも、トランクスも。

全裸になった。

なんて気持ちよいのか。

風が、肌から熱を奪ってゆくのがわかる。

しかし、奪われた熱にさらに倍する熱量が、こんこんと自分の肉の中から溢れ出てくるのがわかる。

草を蹴った。

駆《はし》ける。

疾る。

跳ぶ。

楢の樹を両腕で抱え、抱えた時には両足の内側で挟み、挟んだ時にはもうその両足で蹴っている。

身体が宙に浮いて、その時には、上の枝を掴んでいる。

イメージした通りだ。

軽々と動く。

重力に、もう、この肉は囚《とら》われていない。

自由だ。

ララララララララララ……

自分の口から、激しくあがっている悦びの声に、久鬼は気づいていない。

ひとつ跳んで、ふたつめは細い枝を掴み、体重でたわめて、その反動でさらに高い枝へ――

空へ出た。

森の上だ。
なんていい気持ちなんだ。
天空に、月が皓々《こうこう》と輝いている。
おれと月だけが、空の中にいる。
高い風の中で、身体が静かに上下に揺れている。
膝から上は、もう、天に所属している。
左右の足の親指で、枝を摑んで、枝の上に久鬼は立っている。
向こうの樹の梢の上に、黒い影が、同じように揺れている。
緑色に光る一対の眼。
それを見つめる久鬼の眸《め》もまた、青く光っている。
久鬼は、白い歯を見せて笑っている。
左右の犬歯が、五ミリほど長く伸びている。
「よかったですよ、あなたが、逃げようとしなくてね……」
久鬼は、囁くように言った。
ふしゅるるるる……
向こうの梢の上にいる黒い影が、声をあげている。
笑っているらしい。
「思った通りだ……」

黄奈志悟の声が響いてきた。
「おまえは、やっぱり普通と違う……」
あたりまえだ。
久鬼はそう思う。
自分は、普通ではない。
普通の人間じゃない。
では、何か。
何だっていい。
自分は、人間以上の何かだ。
その何かが獣であったって、そうだ、神だっていい。
強い高揚感が、久鬼を包んでいた。
すでに、自分は、何かをあの地上に捨ててきたのだ。
久鬼は、自由な両腕を前に伸ばし、左右に少し広げ、掌《たなごころ》を上に向けた。
月の光が、その掌の上に溜まってゆくのがわかる。
「どうしても、おまえの血を吸いたくなった……」
黄奈志悟が言った。
何故か？
何故、血を欲するのか、とは、久鬼は問わなかった。

あたりまえのことだったからだ。

血を欲しがるのは、あたりまえではないか。

ただ、おれは、血だけではない。

肉も。

そして、内臓も。

おまえのめだまを吸い、おまえの腹の中へ顔を突っ込んで、思うさまおまえを貪り喰ってやりたいのだ。

「おまえのような人間の血を飲むことができるとわかったら、あの人も悦ぶだろうな……」

言った時、黄奈志悟の身体が跳んだ。

久鬼に向かって。

しかし、その時、もう、久鬼はそこにいなかった。

黄奈志悟よりさらに高い宙に、久鬼の身体は浮いていたのである。

さっきまで久鬼がいた枝の上に、黄奈志悟の身体が被さってゆくその時——

その背を、高い中空から、久鬼の足が踏んでいた。

黄奈志悟の身体が、落下してゆく。

宙で踏んだので、黄奈志悟のダメージは少ない。

踏み蹴った分、反動で久鬼の身体の落下速度は遅くなり、黄奈志悟の落下速度は速くなった。

黄奈志悟は、土の上に落ちたその瞬間、両手と左足で、地面との衝突によって起こる衝撃を殺し、同時に右足を、上に向かって、後ろ向きに蹴りあげていた。

すぐ上から落ちてくる久鬼の身体を避けて横へ逃げるには、あまりに時間が少なすぎると判断したからであろう。

下から蹴り上げられてきた黄奈志悟の右足を、久鬼は、自分の左足で受けた。黄奈志悟の右足の上に左足を乗せ、膝のクッションを使って、その衝撃を殺したのである。

黄奈志悟が、久鬼が乗っている右足を横にはらった。

久鬼の身体が、宙で、横に一転する。

一転して草の上に降り立った時、久鬼の眼の前に、もう、黄奈志悟が立っていた。

チチッ、
唇を鳴らして、黄奈志悟が、正面からぶつかってきた。

その腹に向かって、久鬼が、右の前蹴りを入れる。

当たった。

その足に、黄奈志悟がしがみついてきた。

裸の足だ。

黄奈志悟が、かっ、と口を開けていた。

その口で、黄奈志悟は、抱えた久鬼の足に嚙みつこうとしていたのである。

久鬼は、左足を跳ねあげて、いったん自分の身体を宙に浮かせ、その左足で、今まさに嚙みつこうとしていた黄奈志悟の右の顳顬《こめかみ》を、横からおもいきり蹴っていた。

黄奈志悟が、離れた。

久鬼の右足から、血が流れている。

黄奈志悟の爪で抉《えぐ》られたのだ。

痛みはない。

いや、痛みはあった。

しかし、その痛みが心地よい。

脳天まで、快感が尾骶骨《びていこつ》から駆けあがる。

ヒイイイイイ……

高い声が、自分の喉から迸《ほとばし》る。

黄奈志悟が、四つん這いになって、こちらを見ている。

怖くない。

黄奈志悟に向かって、歩く。

左足を浮かせる。

黄奈志悟を、上から踏みつけるためだ。

黄奈志悟が、それを予期していたように、右へ逃げる。右へ逃げたその顔を、右足で蹴りあげる。

当たった。

左足で踏むと見せたのは、フェイントだ。

右へ逃がしておいて、その顔を右足で蹴るためのものだ。

ねらった通りだ。

黄奈志悟の顔が、凄いことになっている。

今の久鬼の一撃で、鼻が潰れ、曲がり、そこから血が流れ出ている。

顔面に散ったその血に、乱れた長い髪が、何本もはりついている。

それでも、黄奈志悟はまだ、白い歯を見せて笑っている。しかし、その白い歯は、血で赤く染まっていた。

久鬼は、もう、動いている。

すうっ、
と前に出て、腰を落とす。

誘われたように、黄奈志悟が、前に出てくる。

久鬼の上体が大きく前に沈んで、身体が回転する。

左足の爪先が軸になっている。

右足の踵が、黄奈志悟の右の顳顬をまた打った。

低い位置の後ろ回し蹴り——円空拳の這足《はいそく》である。

次には、右足の爪先を軸にして、逆回転する。

逆這足——

連続して、左右で打つ時には、二度目の攻撃には〝逆〟が付く。

自然に出た技だ。

考えて出している技ではない。

まだ、黄奈志悟は笑っている。

凄まじい顔だ。

久鬼が立ちあがる。

両腕を、前にだらりと下げて、黄奈志悟が立ちあがる。

肩を前に落とし、

「もう、いいや……」

血で濡れた眼球で、久鬼を見る。

「死んだおまえから、血を飲んでもね……」

黄奈志悟がつぶやく。

なんて楽しいことを、こいつは言うんだろう——

と、久鬼は思った。

生命のやりとりをするぞと、こいつは言っている。

おもしろい。

「嬉しいですね……」

久鬼がつぶやいたその時、
叫んで、黄奈志悟が、跳びかかってきた。
「おきゃあっ!!」
すっ、
と、久鬼の腰が落ちる。
下から、久鬼の右肘が浮きあがる。
腰と、右肩を同時に前に出す。
獅子止《ししどめ》――
正面から襲ってくる獅子でさえ止める円空拳の技だ。
黄奈志悟の顔に、また、その右肘が当たった――そう見えた。
右肘の先が、黄奈志悟の口の中に入っていた。
上下の前歯が二本ずつ、四本が折れていた。
久鬼がねらったのか。
それとも、黄奈志悟が、久鬼の肘をねらって噛みつきにいったのか。
久鬼が、右肘を引こうとしたが、その肘がもどせなかった。
黄奈志悟が、久鬼の肘に噛みつき、久鬼の両肩を両手で抱えてきたからだ。
ぶしゃしゃしゃ、
黄奈志悟が、久鬼の肘に噛みつきながら、嗤った。

血と涎の混ざった血が、久鬼の顔面にかかった。
黄奈志悟の顎《あご》が、上下に動く。
久鬼の腕を、肘から喰おうとしているのだ。
と――
久鬼の顔に、変化が起こっていた。
久鬼の顔が、泡だっている。
顔の全体ではなく、一部だ。
その一部というのは、今、黄奈志悟の口から飛んだ血がかかった場所であった。
しゅう、
じゅ、
じゅしゅ、
久鬼の顔の皮膚が、黄奈志悟の血を吸収――いや、直接吸っているように見えた。
「えがっ」
黄奈志悟が、声をあげた。
「おごっ！」
「あがっ!!」
黄奈志悟の顔と久鬼の肘――その接点で、奇妙なことが起こっていた。
久鬼の肘が、変化していた。

形状が変わっている。

何が起こっているのか。

見た目には、よくわからない。

しかし、その雰囲気を伝えるのなら、久鬼の肘が、逆に、黄奈志悟の顔を、齧《かじ》っているように見えた。

久鬼の肘が、不定形の獣の顎《あぎと》のようなものに変じ、黄奈志悟の口と嚙み合いながら、相手を喰っているように——

「あがげっ!」

黄奈志悟が、離れた。

黄奈志悟の、眼が、とまどっていた。

右手で、自分の頰に触れた。

そこから、血が流れ出している。

肉の一部が消えて、骨が覗いていた。

その骨が、直接指に触れたのだ。

久鬼の肘が、もこもこと動いている。

顎は、もう消えていた。

しかし、久鬼の肘の肉が、不気味な動きをしているのである。

まるで、久鬼の肘のその部分が、黄奈志悟の頰の肉を喰い、齧り、咀嚼《そしやく》し、吞み込んでいるように見えた。
久鬼の肘が、黄奈志悟の頬の肉を啖《くら》ったのだ。
「お、おまえ、誰だ……」
黄奈志悟の声が震えた。
「おまえ、何者なんだ……」
その眸《め》に、明らかな怯えの色が浮かんでいる。
久鬼自身にも、わからない。
わかるものか。
しかし、わかっていることがある。
それは、黄奈志悟が、ようやく正しい反応を示したということだ。
そうだ、黄奈志。
おれの前に立ったら、そういう眸でおれを見るのだ。
そういう声で、おれに話しかけるのだ。
その時——
声がした。
森の中からだ。
女の声だった。
「あきゃああああああっ！」

という声だ。

悲鳴のような。

叫び声のような。

咆《ほ》えるような声。

鋭く、高い。

久鬼の意識がそちらへ向いた時、黄奈志悟が、横へ跳んだ。

ざざっ、
と、繁みを鳴らして逃げた。

久鬼が、それを追わなかったのは、もうひとつ、女の声が聴こえてきたからだ。

「甘く見ないでよ」

それが、誰の声か、久鬼にはわかった。

亜室由魅の声だった。

そして、最初に聴こえてきたのが、赤城志乃の声だということに、久鬼はようやく気がついたのだ。

これまで、久鬼は、赤城志乃のことを、忘れていたのである。

3

その声のする方へ、久鬼は移動した。

まだ、全裸のままだ。

服を着なくては——という意識はない。

そのまま、下生えを分け、草を踏んで歩いてゆくと、木立の間に、ふたつの人影が見えた。

常人の視力では、人の影としか判定できないほどの暗闇ではあったが、今の久鬼の視力と嗅覚をもってすれば、それが誰であるかは、見当がつく。

亜室由魅と、赤城志乃——

右側が赤城志乃で、左側が亜室由魅だ。

赤城志乃が、四つん這いだ——獣の姿勢をとっている。

亜室由魅が、腰を深く落として、構えている。

右足が前。

左足が後ろ。

ひらかれた右掌が前で、相手に手の平が向けられている。

左手が、斜め後方に持ちあげられている。

しかも、静止していない。
ゆるゆると、手が月光の中で動いている。
中国拳法？
その姿が、様になっている。
見ただけで、かなりの実力者であるとわかる。
思わず、声をかけるのを忘れて、久鬼はそこに足を止めていた。
ちい〜〜〜ちちちちちち……
赤城志乃が、声をあげる。
ざざ……
と赤城志乃が動いて迫ってきたのを、亜室由魅が、足で止めた。
顔に、由魅の右足の裏が当てられたのだ。
蹴られたようには見えなかった。
が、それだけで、赤城志乃の顔がのけぞっていた。
由魅が、前に出る。
それに合わせて、赤城志乃の左右の手が、爪を立てて振られてくる。
疾《はや》い。
それを、由魅の左右の手と甲が、宙で撫《な》でるように動く。
赤城志乃の攻撃の全てが横に流された。

そこへ、由魅が踏み込む。

とん、
と、由魅の左掌が、赤城志乃の胸を突く。

赤城志乃の身体が、後方へ飛ばされる。

おそるべき、由魅の技だ。

達人の域にある。

真壁雲斎が動いているようにも見えた。

どうして、由魅は、これまで自分がそんな技を持っていることを隠してきたのか。

「由魅――」

久鬼が声をかけると、ふたりの視線が動いて、久鬼の方を見た。

「まあ――」

由魅が言った時、赤城志乃が、黄奈志悟のように、大きく横へ跳んでいた。

そのまま、森の奥へ走り去ってゆく。

由魅は、それを追わなかった。

「久鬼、あなた、なんて格好してるのよ!」

由魅が言った。

言われて、ようやく、久鬼は自分が全裸であったことに気がついた。

「ああ、これですか――」

全て、由魅の前にさらしているというのに、不思議に、恥ずかしいという意識はなかった。

しかし、何かは身に纏《まと》わねばならない。

「ちょっと、待ってくれませんか――」

久鬼は、さっき、黄奈志悟と闘いを始めた場所まで、もどってゆく。

その後ろから、由魅が続いた。

久鬼は、地面に落ちていたトランクスを見つけ、それを穿《は》き、ズボンを穿いた。そして、ちぎれたシャツの袖に腕を通した。

シャツはボタンを嵌《は》められるような状態ではなかったので、素肌の上に羽織っただけである。

「今のは？」

久鬼が訊《き》いた。

何を訊《たず》ねられたのか、由魅にはわかったようだった。

「太極拳よ……」

「あんなことが、できるんだな……」

「父から、教えてもらったのよ。子供の頃から習ってたんだけど、やっててよかったわ」

「父？」

「ええ」

由魅がうなずく。

「どうして、ここがわかったのですか?」

「あなたの姿が見えなくなったんで、すぐに門の外へ出たのよ。あの女と黄奈志のふたりもいなくなっていたから、あなたが、わたしに内緒でふたりの後を追ったんだってわかったわ――」

「――」

「門の外で、道沿いの左右は、多少見通しがきくけど、姿が見えなかったから、正面の森の中へ入ったと誰だって思うわ」

「でも、この場所までは、なかなか来られるもんじゃない――」

夜の森の中だ。

いくら、知り合いが森の中へ入ったことがわかったからって、多少気が強くても、女が独りで入ってゆくには、かなりの覚悟と勇気がいる。

「声が聴こえたのよ。何かが鳴くような、声――」

ああ、そう言えば、自分は、何か叫んでいたような気もする。

久鬼はそう思う。

しかし、それなら、いっそう、夜の森の中へ独りで入ってゆくのはためらわれるのではないか。

「あんな大きな声が、何度か聴こえたら、誰だってここまで来ることができるわ」

いいや、誰でもじゃない。

この由魅は特別だ。

どこか、謎めいたところがある。

「それで、ここまできたら、あの女に会ったのよ。出会ったら、いきなり、襲ってきたのよ。何なの、あいつ、普通じゃない――」

普通じゃないのは、由魅もだ。

「で、男――黄奈志の方は？」

由魅が訊く。

「逃げた」

「逃げたの？」

「でも、後は追えると思う……」

「追いましょう」

ためらうことなく、由魅は言った。

4

跡をつけるのは難しいことではなかった。

さっきより楽であったのは、血の臭いが増えていたからである。

山の斜面を登ってゆく。

櫟や楢、楓などの樹木の間を抜けて、ふたりは逃げている。

道のない森の中であるのに、そのコースにあまり迷いが見られないのは、目的地がはっきりしているためであるらしい。

血が、点々と落ち、月明りの差し込む場所では、血で濡れた下草も見える。

黄奈志悟は、久鬼の右肘に、頬の肉を喰われているのである。そこに手を当てるだけでは、流れ落ちる血を止めようがない。

歩きながら、さっき、自分の身に起こったことは、いったい何であったのかと久鬼は思っている。

凄まじいまでの、肉の高揚——

そして、右肘が、黄奈志悟の頬肉を——

あれは、本当のことであったのか。

自分の肘が、黄奈志悟の頬肉を喰った。その時、自分は、それを、

〝美味《うま》い〟

と、思ったのではないか。

思った。

確かに自分は、その時、美味いと思ったのだ。

黄奈志悟の肉が。

だが、ほんとうにそうだったのか。

眼の錯覚であり、高揚した自分の脳が見せた幻の感覚ではないのか。そんなことがあるわけないではないか。

しかし——

確かであるのは、その時のことを思うと、血がぐつぐつと、今も熱くなるということだ。

さっき、黄奈志悟と闘っていた時の高揚は今はない。だが、まだ、肉の温度は一定の高さを保ったままだ。

久鬼の横を、亜室由魅が歩いている。

不思議な女だった。

こういうことに直面して、平然としている。

さらに、父親から学んだと言っていた太極拳——ただ学んだだけで、あそこまでの実力を身につけるには、並大抵の努力では無理だ。相当に過酷な修行期間があったはずだが、そんな過去を微塵《みじん》も感じさせない。

「驚きましたよ」

歩きながら、久鬼は言った。

「何が？」

由魅が答える。

「あんなことができるなんてね」

「太極拳のこと？」

「父親から教えてもらったって――」

「中国拳法オタクなの」

本当だろうか。

ただのオタクではないような気がする。

「お父さんて――」

その先を久鬼が口にする前に、

「亜室健之《たけゆき》――いい名前でしょう」

由魅が言った。

「ああ」

久鬼はうなずいたが、はぐらかされた感があるのは否めない。

名前ではない。どういう人物で、現在何をやっているのか、そういうことを訊きたかったのである。

仮に、由魅の父が中国拳法オタクで、太極拳を娘に教えることができるほどの実力があり、その娘由魅が、たまたま才能があった――そういうことでもいいのだが、由魅のこの落ち着きぶりは、十代の少女のものでは、あきらかに、ない。

自分の裸の姿を見た時の反応も、それから、ふたりの後を追おうと言った時の決断のはやさも、とても高校生のものではない。

登りが、ゆるくなった。

山の頂を右にしながら、小塚山の斜面を時計回りに回り込んでいっているようである。

仙石原の街の灯りが、ちらほらと見える。

街と言っても、大きな街ではない。

観光施設と、土産品屋、レストラン——そして、それほど多くない人家の灯りが、ぽつんぽつんと闇の底で光っている。

中天に月がある。

明神ヶ岳に、月光が当たっている。

ふいに、道に出た。

土の道だ。

向こうにある道から、自分の別荘まで作られた私道のようであった。

灯りが見えた。

私道の先にある別荘の灯りのようであった。

「あそこね」

由魅が言った。

「ああ——」

久鬼が、低くうなずいた。

二章　エイト

1

肩の高さの、鉄柵があった。

その向こうに、車が停められている。

ポルシェ、911カレラ。

その車の向こうが、別荘の建物だ。

洋風のレンガ作りの家だ。

屋根に煙突がある。

家の中に、暖炉があるのであろう。

鉄柵が固定されたレンガの門柱に、表札があったが、そこに入るべき名前は記されてなかった。

ふたりの臭いは、まさしくこの鉄柵の向こうへ続いていた。

「ここだ」

久鬼は言った。

どうする？

そういう眼で、由魅が久鬼を見た。

入るかどうかを問うているのである。

ここは、知り合いの家ではない。公共の建物でもない。個人の家だ。その敷地内へ許しもなく入るのは、明らかに犯罪である。

そのくらいは、わかっている。

だから、由魅は、眼で問うてきたのだ。

由魅の口元が、微かに笑っている。

「決まりね」

低い、囁くような声で由魅が言った。

何か、闇の中で、秘密の睦言《むつごと》を交わしあう男女のようだと久鬼は思った。

久鬼の返事を待たず、由魅は門柱に手をかけると、すっ、とその上に音もなく跳び乗っていた。

鉄柵にある鉄扉を開けると、音がするかもしれない。

今の由魅の動きからすれば、鉄扉に触ることなく、由魅はこれを跳び越えることができるかもしれない。

しかし――

跳び越えるにしても、着地時に音がする。

それを避けて、まず門柱の上に乗ったのだと久鬼にはわかった。

門柱の上に手を当てて、落下速度を殺しながら、由魅が向こう側へ降りる。

久鬼も、同様に向こう側へ降りた。

芝生だった。

芝生を踏みながら、建物を灯りの方へ回り込んでゆく。

右側が建物で、左側が明神ヶ岳と仙石原の夜景だ。

芝生の上に、灌木《かんぼく》の躑躅《ツツジ》と紫陽花《アジサイ》が植えられており、所々に、欅《ケヤキ》と楓が植えられている。

見えた。

それは、居間のようであった。

上から下――天井から床までのガラス戸で、外と内側が仕切られている。

向こうの壁に暖炉があり、暖炉の前に、絨毯《じゅうたん》が敷かれていた。

むろん、夏であるので、暖炉で薪《まき》は燃されていない。

暖炉の前、絨毯をはさむようにして、〝L〟字型にソファが置かれていた。

三人の人間がいた。

〝L〟字の一辺のソファには、黄奈志悟と赤城志乃が並んで座っている。

もう一辺には、ひとりの男が座っているのだが、見えるのは、ソファの背もたれから上に出ている肩と後頭部だけだ。

黄奈志悟と赤城志乃は、その顔が見えている。

黄奈志悟は、その頬を、タオルで押さえているのだが、そのタオルに赤く血が滲んでいた。

「おまえたちに、まかせたおれが愚かだったということか……」

見えている後頭部の揺れぐあいからすると、これは、その男がしゃべっているらしい。

黄奈志悟と赤城志乃の口は動いていない。

声が聴こえてくるのは、ガラス戸の一枚が、外気を入れるためか、開けられているからだ。開いたその部分は、蚊の侵入を防ぐため、網戸になっているのだが、人の声を遮るものではない。

久鬼と、亜室由魅は、庭の躑躅の植え込みの陰に身を潜めて、三人の様子をうかがっているところだ。

この男が何者であるかは、まだ、久鬼にも亜室由魅にもわからないが、格として、黄奈志悟よりも、赤城志乃よりも上位にあるらしいと、それでわかる。

「おれが、昨年、この別荘を買ったのは、おまえたちが、新鮮な血を手に入れてくれると言ったからだ。それを、いつの間にか、おまえたちが勝手に血を飲んでいる。やりすぎだろう。今の話では、これで、おれたちのことが世間にわかってしまうということだ

「……」

「すみません」

黄奈志悟が、神妙な声で言う。

あの、尊大な態度が、今の黄奈志悟にはない。

「これで、おれたち〝D〟のことが知れたらやりにくくなる」

男の口調は、静かで、むしろ淡々としているのだが、その分、その底にこもった怒りのようなものが感じとれる。

「明日には、おれは逃げる。場合によっては海外へな──」

「わたしたちは？」

そう言ったのは、赤城志乃だ。

「好きにしろ。金は、百万ずつくらいはくれてやる。おれが、安全なところへ行くまでにうまく逃げてくれればいい──」

「どこに行くんですか、北島《きたじま》さん──」

黄奈志悟が訊ねる。

「言えないね。その北島も、もう、使わない──」

「偽名だったんですか」

「どちらでもいいことだ」

「黒堂たちは？」

「ほうっておけ。どうせ、何も知らんはずだ。おれのことは、言ってないのだろう?」

「はい」

「勝手に番長ごっこをやらせとけばいい。しかし、おまえたちふたりも、その番長ごっこをおもしろがるようになろうとはな……」

「すみません」

黄奈志悟が、また謝った。

「それよりも、この治療をしたいのですが——」

「まさか、救急車をここへ呼べと言っているわけじゃないよな」

「はい」

「すぐに、死んでしまうわけじゃない。〝D〟の効果で、おれたちは、人より傷の治りが早いからな……」

「わかってます」

黄奈志悟がうなずく。

「しかし、その頰をやったのは、久鬼とかいう漢《おとこ》だったのだろう」

「ええ」

「どうされたんだ」

「喰われたんです」

「喰われた? 久鬼にか!?」

「はい」

「闘っている最中に、噛みつかれて、逃げた時に噛みとられたんじゃないのか――」

「違います」

黄奈志悟は、その時の状況を説明した。

「で、肘に……」

「肘だって――」

「ええ」

「まさか、久鬼という奴の肘が、おまえの頬の肉を……」

「そうです」

「しかし、どれほど強いといったって、久鬼は人間だろう」

「でも、おれの動きについてきて、樹の上にも登ってきました」

「ただの人間が〝D〟の動きについてこられるはずがない」

「久鬼は、ただの人間じゃないんです」

その声の響きには、怯《おび》えがまざっていた。

それに気がついて、

「おまえ、その久鬼ってやつに、根こそぎ喰われたな。心の方もだ――」

男が言う。

「あいつ、違うんです。何かが、根本的に違うんです……」

黄奈志悟に言われて、男は、首を少し傾け、顎に手を持っていった。

何か、考えているようだった。

「それは、もしかしたら、エイトかもしれんな……」

「エイトって？」

「昔、おれが、ちょっと関わった教団が、エイトって呼んでたものかな……」

「教団？」

「八番目の天使、ルシフェルを崇める教団だよ。ルシフェル教団だ。人は、不死身になることができるとか言っていた教団だよ――」

「ルシフェルって、あの堕天使の？」

これは、赤城志乃が訊ねた。

「ああ――」

男がうなずく。

天使は、普通、大天使ミカエル、ガブリエル、ラファエル、ウリエルにさらに三人の天使を加えて、七大天使が、『聖書』やその外典《がいてん》で知られている。四大天使以外の三人の天使については、外典『エノク書』や、東方正教会、コプト正教会などで名前が違うが、多くが七大天使として共通している。

ルシフェルは、その七大天使に所属しない、八番目の天使である。

ある時、神にさからったため、神によって地獄に落とされ、悪魔ルシフェルになったものだ。

「おれの行っていたドイツに、教団の本部だったか、支部だったかがあったはずだが、まあ、おまえたちが、知らなくてもいいことだ……」

「はい」

黄奈志悟がうなずいた。

その話を聞きながら、久鬼は、背をぞくぞくとさせていた。

尾骶骨のあたりから、背を這いあがってくる何かの力……

それは、おれのことか。

いや、これは、おれのことだ。

今、男は、ガラスの向こうで、このおれの肉の秘密について語っているのだ。

そう直感した。

「へえ……」

と、久鬼の横で、低く亜室由魅がうなずいた。

このうなずき方――

由魅もまた、何か知っているのだ。

今、男が語ったことは、由魅が初めて耳にすることではないのだ。

由魅の秘密――

由魅は、明らかに、この自分に何か隠している。

躑躅の植え込みの陰で、自分と由魅の身体は触れあっている。触れあっているその部分から、由魅の肉の温度が届いてくる。

そこが、熱い。

男が、話を続ける。

「その久鬼ってやつが、ここまで、おまえたちを追ってきたってことはないだろうな」

男が言った。

「そんなことはないと思いますが……」

黄奈志悟は言った。

「しかし、その久鬼ってやつと、女が、おまえたちを森の中でも追いかけてきたんだろう？」

「だいじょうぶだと思いますよ」

黄奈志悟が言った時——

「へえ……」

と、男が声を低くし、

「じゃあ、今、庭にいるのは誰なんだろうなあ……」

そう言って、顔を久鬼たちの方へ向けた。

気づかれた。
久鬼はそう思った。
今、由魅のことで、心を乱した。
その心の乱れが、気配となって、男に気づかれてしまったのだ。
久鬼は、立ちあがっていた。
迷いはない。
気づかれた以上、身を隠す意味はないのだ。
「しょうがないわね」
由魅が、久鬼の横に立った。
「久鬼……」
黄奈志悟と、赤城志乃が立ちあがる。
そのあとで、ゆっくりと男が立ちあがった。
端整な顔をした男だった。
髪は短い。
眼は細かった。

2

何かを夢見ているように、表情がない。

ゆっくりと、男は歩いてきた。

ガラス戸の前に立った。

それで、逆光になり、男の表情が見えなくなった。

男は、ガラス戸を、左右に押し開いた。

「久鬼麗一くんと、亜室由魅さんだね」

男は言った。

「そうです」

久鬼はうなずいた。

部屋の灯りが、久鬼と由魅のところまで届いている。

ふたりの顔も姿も、男からは見えているはずであった。

「今の話を、聴かれたようですね」

男は言った。

「ええ」

久鬼はうなずいた。

「では、どうしたもんだろうねえ、きみたちを——」

男は、何かを考えているようであった。

「こちらへ来るかい。少し、話をしよう」

男が言った。

部屋へ入ったら、何かを仕掛けてくるかもしれない。

庭だったら、逃げる時に便利であるのは言うまでもない。

そこまで考えて、
逃げる⁉

久鬼の心の中に、その思いが突き抜ける。

何故、この自分が、この男から逃げねばならないのか。

その時――

「ここで話をしましょう」

由魅が言った。

「ふうん、そこでね……」

男は、まだ、何か考えているようであった。

あることを頭の中で思いついている。

しかし、それには幾つかの選択肢がある。

そのうちのどれをチョイスするのが、この場合の最善なのか――それを考えているようであった。

「さっき、黄奈志が言ってたんだけど、きみの肘が、黄奈志の頰の肉を喰ったんだって？」

「覚えてませんね」

久鬼は言った。

「それに、不思議なことが、ひとつある」

「不思議なことって？」

「黄奈志は、その時、きみの肘に噛みついたってことだ。そのおり、わずかながら、きみの血を飲んでいる……」

「それが？」

「きみは、感染していないようだね」

「何のことですか？」

「〝D〟に」

「〝D〟？」

「トランシルヴァニア症候群の〝D〟にさ――」

「なんのことだかわかりませんね」

「いいさ……」

男は言った。

「何がです」

「結論が、今出たからね」

「何の結論？」

「きみをどうするかってことなんだけどね」

「――――」

「口止めをお願いするより、もっと確実な方法だよ」

「殺すということですか、ぼくたちを――」

「それも考えたけどね、そこまではしなくていいんじゃないの」

「どうするんです」

「きみの血を吸わせてもらうよ。そちらの亜室さんの血もね。それで、みんな解決することになると思う……」

その時、久鬼の脳裏に浮かんだのは、恐怖ではなかった。

おもしろい――

そういう感情であった。

おもしろい。

この人間は、おもしろいことを言う。

それができるんならやってみろ、人間よ。

「楽しいことを言いますね」

「だろ」

ふわりと、男は、庭に降りてきた。

素足で、芝生を踏んだ。

「黄奈志、赤城、そこの女を逃がさないように。まさか、ふたりなら、しくじることはないよな」

黄奈志悟と、赤城志乃がうなずくのが見えた。

ふたりが、庭の芝生の上に降りてきた。

「私は大丈夫よ」

亜室由魅が言った。

しかし、その声が緊張しているのは、さすがにこのふたりを同時に相手にするのは、たいへんなことなのであろう。

「ちょっと、待ってくれ」

その時、闇の中から声が聴こえた。

さっき、久鬼たちが越えてきた門の方角からだった。

闇の中から、大きな人影が歩み出てきた。

知った声。

知った肉体。

知った顔。

九十九三蔵であった。

どうしてここがわかったのか。

九十九三蔵が、久鬼の横に並んだ。

「九十九……」

久鬼が言う。

「さっきも言ったが、話は後だ」

そう言って、九十九は、男の方にあらためて向きなおった。

「これで、三対三だな」

そう言った九十九の太い唇に、夏の風が吹いている。

「なんだか、怖そうな友達が出てきたようだな……」

男が、細い眼をさらに細めた。

「逃げてもいいぜ」

九十九が言った。

「じゃ、そうするかな──」

いきなり、男が横へ疾《はし》った。

疾《はや》い。

素足で芝生の上を駆け抜け、跳んだ。

九十九が追ったが、わずかに間にあわなかった。

跳んで、男は、鉄柵をいっきに跳び越え、走った。

走った男が、足を止めた。

眼の前の闇の中に、巨獣が潜んでいたからだ。

その巨獣が、かっ、と眼を開いた。

強烈なヘッドライトの光が、男を射た。

巨獣――それは、ランドクルーザーであった。

男――黄奈志悟が、〝北島さん〟と呼んだ人物は、ヘッドライトの光の中で、眼を細くして、前方を睨んだ。

久鬼は、その時はもう、北島に追いついていた。

しかし、北島と同様に、ヘッドライトの光の中で足を止めている。

すぐ前に、北島の背中がある。

無防備な背中だった。

だが、久鬼はその背へ襲いかかろうとはしなかった。

北島と同様に、ヘッドライトの向こうにかろうじて見える運転席を見つめている。

人がいることはわかるが、逆光のため、それがどういう人物であるか、男であるか女であるかすらわからない。

ただ、ひとつのことは思い出していた。

黄奈志悟と赤城志乃を追うため、合宿所を出た時に、少し離れたところに一台の車が停まっていたのは見ている。あれが、ランドクルーザーではなかったか。

現在のランドクルーザーではない。

古いタイプの、40系と呼ばれるごつい四輪駆動車だ。

ニイイイイイ……

という、声が聴こえた。

動物——猫の鳴き声だ。

ランドクルーザーの横から、ヘッドライトの中へ、一匹の黒い猫が出てきた。

子猫ほどの大きさだったが、それは大きさだけで、その姿も動きも、成獣のものだ。

むしろ、大型肉食獣のような貫禄すらある。

眸《め》が、青みがかった緑色に光っている。

ふっ、
と、ヘッドライトが消えた。

一瞬、真の闇になる。

カチャリ……

と、ドアが開かれた。

運転席から、ランドクルーザーにも劣らぬ質量を持った肉体が降りてきた。

その肉体の足が、地面を踏んだ時、ずしりと、箱根の大地が音をたてて揺れたのではないかと思えた。

ドアの閉まる音。

ランドクルーザーの横に、巨大な量の肉塊が立っていた。

立っているだけで、むんむんとその肉体が発する重力のようなものが、こちらに届いてくる。
これほど大きな肉体を持った者を、久鬼はこれまでひとりしか知らない。
それが、九十九三蔵だ。
しかし、この肉体は、九十九三蔵より、ひと回りは大きい。
ニイイイイ……
黒猫が、鳴きあげる。
赤い口と、紅い舌。
そして、白い尖った牙が見えた。
立てた尾の先が、ふたつに分かれ、その二本の尾の間に、小さな稲妻のようなものが、
幾筋も発光して、からみあっていた。
その黒猫が、眼をそらせ、今、車から降りてきた人物の方に向かって駆け、脚、腰、
胸を駆けのぼって、左肩の上に立った。
その時には、もう、久鬼の眼は闇に馴染んでいた。
車から降りてきたのは、漢だった。
でかい。
惚れぼれするような肉体だ。
漢だった。
髪は、短い。

鼻は、やや大きく、獅子鼻で、顎がごつい。

眼は、象の眼のように優しい。

唇は、分厚かった。

決して、美男子というような顔ではない。

しかし、充分に魅力的で、眼元や唇の端には、愛敬さえある。その太い唇が、笑みを浮かべるのを見たくなる——そんな貌《かお》だちをしていた。

それよりも何よりも、圧倒されるのは、その肉体の巨大さであった。

身長二メートル。

体重なら一四五キロはあるであろう。

靴は、ビブラム張りの、ダナーのワークブーツ。

ジーンズを穿き、その上にTシャツを着、革ジャンパーを着ていた。

脛《すね》も、股も、腕も太い。

肩は岩のようで、両肩の間から、野太い頸が生え、その上に頭部が載っていた。

胸は、大きく前にせり出していて、その下で、小柄な女なら雨やどりができそうであった。

知っている。

この貌だち、この肉の大きさ——

それを、久鬼は見たことがあった。

齢のころなら、三十歳を出たかどうか。

「よう……」

低い声で、漢はぼそりと声をかけた。

「誰だい、あんた……」

北島が言った。

「九十九乱蔵ってもんだよ」

左の唇の端を、小さく吊りあげて笑った。

太い右手の人差し指で、左肩を指差し、

「こいつは、シャモンさ。猫又だよ」

そう言った。

九十九乱蔵――

やはり――

と、久鬼は思った。

どう考えても、この人物は九十九三蔵の身内であろうと、久鬼も思っていたところだ。

「祟《たた》られ屋さ。事件屋みたいなもんだが、警察なんかじゃ扱わないことを扱っている――

――」

「へえ」

「呪《のろ》いの解除、生物学的には存在しない生き物や、ものを商売にしている」

「というと？」

「わかり易く言えば、妖怪だとか、幽霊だとか——中国からやってきた馬黄精《ばおうせい》だとか、蛟《みずち》なんかを相手にしたこともあるよ——」

「すごいんだね」

「すごかないよ。仕事だからね」

「何の用だい」

「北島さん、あんたを、治療しに来たんだよ」

「何⁉」

「北島四郎《しろう》さん、あんた、ドイツに、七年ほどいたんだってね。ミュンヘンの音楽大学に、四年。卒業して三年。その間に、トランシルヴァニア症候群の、エイトに罹《かか》った——」

「何のことだろうね」

「日本に帰ってきて三年——仲間を増やそうとしている……」

「知らないね。何のことだかわからないね——」

「治療させてもらうよ」

大きな漢——九十九乱蔵は、無造作に足を前に踏み出してきた。

その瞬間——

「ぢゃあああああっ！」

北島が、地を蹴って、乱蔵に襲いかかった。

かあっ、
と、口を上下に開いている。

犬歯が長い。

ふっ、
と、乱蔵の身体が地に沈んだ。

両足を前後に開いている。

脚が、ほとんど地面と平行になっている。

左脚は畳まれてはいるものの、巨体に似合わぬ身体の柔らかさだ。

頭を沈め、乱蔵は、左掌で地面を叩くように押した。

乱蔵の身体が、再び大地からせりあがってゆく。

左膝を伸ばしながら、右足を天に向かって跳ねあげる。

右足爪先が、ちょうど、乱蔵の上からおおい被さろうとしていた北島の腹に、下からめり込んだ。

おぎょっ！

喉から、北島の声が洩れた。

腹を蹴られた、苦痛の声なのか、叫び声なのか、それはわからない。

わかっているのは――

〝円空拳だ〟

久鬼は思った。

今年、真壁雲斎から学んだ、円空拳の動きであった。

北島の身体が、飛ばされていた。

宙に浮きあがり、乱蔵のランドクルーザーのボンネットの上に落ちた。

いや、落ちた、というよりは、宙で身をひねって、北島はボンネットの上に立っていたのである。

乱蔵も、もう、立ちあがって久鬼に背を向け、ボンネットの上の北島と向きあっていた。

驚いたことに、今の動きの間にも、黒い猫——シャモンは落ちずに左肩の上に立っている。

じゃっ、
じゃっ、
じゃっ、
北島は、首を左右に振りたくり、牙を鳴らして、ボンネットの上から乱蔵を睨んでいる。

「安心しろ、殺したりするわけじゃない。治療さ」

乱蔵は、右手を持ちあげて、北島の胸のあたりを指差した。

ちらり、と、北島が胸に眼をやった。

ちょうど、左胸の心臓に近い場所——そこから注射器がぶら下がっていた。

針が、深ぶかと、そこに刺さっている。

その時、自分の身体に生じた何かの異変を感じとったのか、北島がその眼つきを変化させた。

胸を見やり、乱蔵を見やり、そして、天を仰いだ。

がくりと、北島の膝が落ちた。

北島が、両膝をボンネットの上についた。

動こうとしたが、動けなかった。

切なそうな眼で、乱蔵を見やった。

その眼から、光が消えた。

北島の身体が、前につんのめって、ボンネットの上から転げ落ちていた。

落ちて、そのまま動かなかった。

「こっちも済んだよ」

久鬼の後ろから声がした。

振り返ると、九十九三蔵がそこに立っていた。

三章　久鬼の城

1

蟬《セミ》が鳴いている。
アブラ蟬だけではない。
ミンミン蟬も、クマ蟬の鳴く声も聴こえている。
小田原、風祭《かざまつり》。
かつて、この地は、小田原の北条氏に仕えた忍びの集団風魔《かざま》が誕生した場所である。
古くは、風間《かざま》と呼ばれていた地である。
その〝間〟に〝魔〟をあてて、風魔とした。
現在の地名風祭は、その風間からきている。
円空山——
真壁雲斎の暮らす小舎《こや》は、その風祭の山の中にある。

八月三十一日──

明日から、西城《せいじょう》学園の二学期が始まる。

開け放した窓から入り込んでくる風には、海の香りが混ざっている。

その窓からは、相模湾の青い海の色が見える。

風と共に運ばれてくる蟬の声は、たしかに盛んだが、しかし、すでにその声には夏の騒がしさはない。

どこかに、秋の気配が感じられる。

気温こそ三〇度を超えているが、風はどこか涼しげで、届いてくるツクツクボウシの声にも、秋の気配があった。

もっとも、円空山は山の上にあり、地上より、一度は気温が低い。

風も自由自在に、雲斎の気性そのままに入り込んでくる。

雲斎は、囲炉裏の前に胡座《あぐら》をかいて、焼酎《しょうちゅう》を湯吞みで飲んでいる。

その前に座っているのが、九十九三蔵と久鬼麗一であった。

「そうか、大阪へなあ……」

雲斎が、焼酎をひと口飲み、湯吞みを置きながらつぶやいた。

「親父の仕事の都合で、来年の春から行きます」

「こっちへ、残ることもできるのだろう？」

「そうなんですが、大阪の方もおもしろそうなので。あっちの、花果山《かかざん》学園に編入して、一年ほどしたら、またこっちへ戻ってきます――」

「花果山学園か……」

「西城学園とは姉妹校で、手つづきも簡単にすむということなので――」

「まあ、好きにすればよかろう」

「その間、おかしな爺さんの相手はできなくなりますが――」

「ばかたれ。それはわしも同じじゃ。わしの方こそ、脳まで筋肉でできているような若いもんの相手をせずにすむんでありがたいくらいじゃ」

いつもの、たわいのない、言葉のじゃれあいであった。

それを、久鬼は、無言で聴いている。

九十九と雲斎のかけあいを、横で聴いているのは楽しかった。

しばらく前に、箱根であったことが、もう、ずい分昔のことのように思える。

同様のことを、雲斎も思ったのか、

「しかし、早いものだな。箱根でのことが、ついこの間とは思えない……」

「ええ」

と、九十九は答えたのだが、久鬼自身は、まだ、箱根でのことは終わっていないのだ。

何故なら、自分の右肘が、黄奈志悟の頬肉を食べたことが、まだ記憶に残っているからである。

あれは、本当にあったことなのか。

ならば、あれはいったいどういう現象なのか。

いつかまた、自分にあのようなことは起こるのではないか。

それが、頭から離れない。

もちろん、九十九にはそのことは話していない。

雲斎にもだ。

だから、誰も知らないはずだ。

由魅は、あのことについて知っている。知っていながら、それを話題にしない。

〝あのこと〟

〝それ〟

というのは、自分の肘が、黄奈志悟の頰肉を喰ったことだ。

誰も知らないはずだとは言ったが、黄奈志悟は別だ。

それは、喰われた本人だからだ。

赤城志乃と北島四郎は、黄奈志悟からその話は聞かされたろうが、自分の眼で確認しているわけではない。

人の肘が、人の肉を喰う。

そんなことは、誰も信じない。

現実に、久鬼の肘はとっくにもとにもどって、久鬼ですら、あれが本当にあったことかと思う時もあるくらいだ。

あの時、どうして九十九がしばらく姿を消したのか。

どうして、雲斎があの現場までやってきたのか。

九十九三蔵の兄乱蔵が、どうしてこの件に関わったのか、今は、久鬼はそのひと通りを理解していた。

そもそもは、トランシルヴァニア症候群であった。

2

トランシルヴァニア症候群の歴史は、伯爵病に始まる。

伯爵病という病気がある。

もともとは、齢をとらない病気と言われてきたのだが、実際には齢をとる。

ただ、その齢をとる速度が、常人よりも遅いのだ。どれほど遅いかは人によって様々だが、ある時、それが、ふいに実年齢に合わせた姿になったりする。

その引き鉄《がね》になるのは、精神的、肉体的ショックや苦痛があった時なのだが、人によっては、悦びや喜悦がそのきっかけになったりするのである。

世界各地で、ぽつりぽつりとこの症例はあったのだが、これを調査し、伯爵病と名づけたのは、アメリカのペンシルヴァニア医大のフレッド・アトキンス教授である。

なぜ、それが、伯爵病と名づけられたのかというと、理由は、ブラム・ストーカーが一八九七年に書いた『吸血鬼ドラキュラ』による。

血を吸うことによって、永遠の生命と若さを保つ吸血鬼ドラキュラ伯爵――この伯爵をとって、伯爵病としたのである。

次が、〝D〟であった。

〝D〟の症例が、最初に発見されたのは、ルーマニアのトランシルヴァニアである。ドラキュラが住んでいたとされる土地である。

一九二一年である。

何者かが人を襲っては、血を吸うという事件があって、何人かの被害者と、死者が出た。警察が、犯人を捕まえたところ、それは、地元の農夫ボグダン・ステレアという人物であった。

何故、そのようなことをしたのか。

ボグダンの言葉によれば、

「死にたくなかった」

ということであったという。

人の血を吸えば、不死身になり、若くなると思い込んでいたらしい。

ボグダンの口からは、ブラム・ストーカーの『吸血鬼ドラキュラ』の話まで出た。

ドラキュラは、実在したと、ボグダンは思い込んでいたらしい。そして、自らもドラキュラのようになれると思い込んでいた。

しかし、奇妙なことがあった。

そもそものことで言えば、小説である。

しかも、この話を書いたのは、ルーマニア人ではなく、アイルランド人のブラム・ストーカーである。舞台こそ、トランシルヴァニアであるものの、吸血鬼伝説は、トランシルヴァニアにはない。

ただ、串刺し公と呼ばれたヴラド・ツェペシュという人物はいたが、この人物もいろいろあやしい伝説をともなうものの、吸血とも不死身とも関係がない。

また、『吸血鬼ドラキュラ』は、一八九七年に書かれたものながら、それは英語で書かれたものであり、一九二一年の時点で、ルーマニア語版はないのである。

やがて、本人が白状したのだが、ボグダンは、一九一六年ルーマニア人として、オーストリア＝ハンガリー帝国とトランシルヴァニアで戦っている。兵としてこの戦いに参加したのだ。

この時に、知人の兵士から、英語で書かれた本『吸血鬼ドラキュラ』を借りて読んだのである。ボグダンは、英語を読むことができたのだ。

読んで、ぞくぞくした。

進んで出た戦場ではない。

銃弾が注ぐ戦場で、必死に思ったのは生きることであった。

死にたくない。

そして、死体から、血を飲んだのだという。
人知れず、わからぬように、闇にまぎれて、死体の喉を裂いて血を飲んだ。
ぞくぞくした。
かたまりかけた血であったが、
「うまかった」
と、ボグダンは告白している。
血を飲めば、ドラキュラのように不死になれるのではないか。
それで、飲んだのである。
そして、それは、やがて、おそろしい方向へと進んだ。
死体がない時は、殺して飲んだのである。
敵ではない。
味方の兵を殺して、その血を飲んだ。
生きている人間は、血など吸わせてくれないから、
「殺すしかなかった」
と、ボグダンは言うのである。
戦争が終わって、農夫の生活にもどってからも、吸血はやめられなかった。
それで、地元の人間を襲っては血を飲むようになったのだという。

ボグダンは、死刑になった。

ここで、奇妙なことが起こった。

ボグダンに襲われ、血を飲まれた者たちの中に、ひとり、ボグダンのように、吸血をするものが現われたのである。

その人間は、三人を殺して血を飲んだところで、見つかり、捕らえられて死刑となった。

この人物もまた、

「血が飲みたくて、たまらなくなったんだ」

と死ぬ前に告白した。

飲みたくなると、狂おしい。

身体がよじれるほどだという。

はじめは、自分の血で我慢していた。自分の腕に噛みつき、その血を飲んだ。

しかし、それでは満たされない。

それで、人を襲うようになったのだという。

この人物が、どうして、そのような行為をするようになったのか。

この人物は、ボグダンの件で噂になった『吸血鬼ドラキュラ』のことは知っていたが、それは、新聞の記事程度のことで、ブラム・ストーカーの本そのものはむろん、読んでいない。

ボグダンのように、戦場にあって、異常な精神状態の中で、生きようとして、たまたま手元にあった『吸血鬼ドラキュラ』の物語に影響されて、人の血を吸うようになったのではない。

いったい、どういう関係があるのか。

あるいは、関係などないのか。

それがわからないいまま、事件はうやむやになって風化した。

次に、似た事件が起こったのは、ドイツであった。

一九五九年、西ドイツで、吸血騒ぎがあった。

ベルリンで、数ヵ月に一度、人が殺されるという事件があった。犠牲者の喉に嚙み跡があって、体内に残っている血の量が少なくなっているという陰惨な事件だった。

被害者は、いずれも女だった。

それも、娼婦が多かったことから、ロンドンで一時騒がれた、切り裂きジャックが、ベルリンにやってきたのではないかと言う者たちもいて、新聞を賑わしていたのだが、最初の事件から三年後、八人目の被害者が出たところで犯人が捕らえられた。

犯人は、服の縫製工場に勤めるアドルフ・ホーネッカーという男で、本人の言うところによれば、

「子供の頃から、人の血を飲んでみたかった——」

と告白した。

しかし、子供の頃は、まだ『吸血鬼ドラキュラ』という書物のあることを知らず、ただ、時おり、自分の指を傷つけては、傷口から血を吸っていたのだという。

たまに、夜の街角に立つ女とよろしくやっていたのだが、ある時、行為の最中に、女が腕を伸ばして、それがベッドサイドに置かれていたコップにぶつかった。その時、コップが割れて、その角で手の甲が傷つき、血が流れた。

ただそれだけなら我慢できるところ、気持ちも肉体も興奮していて、抑制がきかなくなっていた。

そのまま、手に噛みついて、血を吸った。

抵抗する女を押さえつけていたら、いつの間にか死んでいたのだという。

これが、アドルフ・ホーネッカーの起こした最初の事件となったのである。

アドルフ・ホーネッカーが捕らえられたのは、一九六二年である。

これを、精神的な病ではなく、何かの感染症の類ではないかと考えた人間がいた。

これが、伯爵病の命名者であるフレッド・アトキンス教授であった。

フレッド・アトキンス教授は、一九六八年から、この奇妙な吸血病の調査を始め、ひとつの仮説をたてた。この吸血病には、何か未知のウィルスが関係しているのではないか。それが、吸血という行為で感染し、感染者は吸血がしたくなる……

それまでは、この吸血行為は、精神的な病とされていた。

この場合、ウィルスにあたるものは、情報である。

〝他人の血を飲むと死なない〟

〝他人の血を飲むと元気になる〟

そういう情報を得た者が、

〝自分もそうなりたい〟

と思うことによって、〝感染〟する。

血を吸われた者が、同じような行為に走るのは、

〝血を吸われた者は同様の吸血鬼となる〟

という、ブラム・ストーカーの設定した文学的な偽の情報を、事実と思い込むことによって〝感染〟が広がってゆく。

ある事件が、ニュースになり報道されることによって、模倣犯が次々に出現してゆくのは、この〝情報をウィルスにみたてた感染〟の典型的な例である。

が――

そうではなくて、ボグダン・ステレアから始まったこの一連の事件の背後には、本来の意味でのウィルスが存在するのではないかと、フレッド・アトキンス教授は考えたのである。

そうして、フレッド・アトキンス教授は、ついにその未知のウィルスを発見してしまうのである。

このウィルスを、フレッド・アトキンス教授は〝D〟と命名した。

もちろん、これは、ドラキュラの頭文字Dからとったものだ。

そして、フレッド・アトキンス教授は、〝伯爵病〟とこの〝D〟ウィルスによる症候群とを合わせて、〝トランシルヴァニア症候群〟と呼んだのであった。

この感染症には、不思議な現象があった。

まず、そのうちのひとつ——それは、感染した者の体力を、個人差があるものの、強化してしまうことであった。

最大値では、筋力を三〇パーセントほど強くする。また、感染者の精神をわずかながら凶暴化させるのである。もっとも、この現象には、幾つかの見解があって、〝D〟が、直接脳に作用してそのようになるのか、力がもたらされることによって、そのような性格が醸成されてしまうのか、あるいはその両方であるのか、そこまではわかっていない。

ただこの〝D〟ウィルスが人体に作用して、幾つかのホルモンの分泌をうながし、それが筋力アップに結びつくのではないかという仮説は、フレッド・アトキンス教授がたてている。

もうひとつ——

感染の経路だが、このウィルスは血と唾液の中にいる。

感染は、相手の肉に直接嚙みつくことにより、その傷口から唾液の中にいるウィルスが体内に入ることによってなされる。

〝D〟保有者の血液を輸血したりすれば、もちろん感染する。

しかし、口と口を合わせる行為、たとえばキスなどでは感染することはない。ほとんどの〝D〟ウィルスは、胃で死滅する。

ただし、口や食道などに傷があった場合はそこから感染するのは、言うまでもない。

もうひとつ――

奇妙なのは、〝D〟を感染させた者と、感染させられた者との間に、主従の関係が生ずることだ。

これは、相手の喉に嚙みついて、直接血を吸うことによってのみ生ずる関係性であって、輸血などによる感染ではこの関係は生じない。

これは、おそらくは、精神的なものであろうと考えられている。

猿などの社会では、上下関係がはっきりあるのだが、その関係は、マウンティングという行為によって、示される。

弱い者が強い者に向かって、尻を向ける。強い者が、弱い者の背後からのしかかり、疑似性交のような姿勢をとる。

このマウンティングをされた者が、上下関係でいえば、下になるのである。吸血、という行為が、猿社会の中での、マウンティングという行為と同じ性格を持っているのではないかと考えられている。

北島四郎だが、ドイツに七年いた。ミュンヘンの音楽大学に四年、卒業して三年――この三年の間に、〝D〟に感染した。

その経緯は、本人の語るところによれば、次のようなことであったらしい。

ミュンヘンに、ルシフェル教団という宗教団体のようなものがあって、半年ほど、北島はそこにいたというのである。

北島は、ドイツにいる時に、〝D〟のことを知って、それに興味を持ち、調べているうちに、ルシフェル教団に行きあたった。

グルジェフという人物が、ルシフェル教団の創始者のひとりで、その教団は、人の不老不死であるとか、人間に内在する力や叡智《えいち》に興味を持ち、世界中の様々な宗教から、メディテーションの方法であるとか、様々な修行法などを取り入れて、自らを人間を超えた存在たらしめようとするのを、重要なテーマとしているという。

その教団が、〝D〟感染者の血液を保管しているという話を、北島四郎は知ったというのである。

それで、その教団に入り、〝D〟の保管庫から、その血液の一部を盗み、自らを感染させて、日本に帰ってきたというのである。

順序で言うと、北島が、まず最初に血を吸ったのは、赤城志乃だ。

この赤城志乃が、血を吸ったのが、黄奈志悟。次が、黒堂で、黒堂が血を吸ったのが、青柴《あおしば》という順だ。

つまり、〝血兄弟〟というところでいうと、黄奈志悟は黒堂雷、青柴健吾《けんご》の兄ということになる。

赤城志乃が、高校入学前の春休みに東京で遊んでいる時に、北島と知り合い、そこで吸血されて感染した。

高校に入学して、赤城志乃が同じ中学の一年後輩の、当時中学三年であった黄奈志悟に感染させた——

彼らが所属していた空手部の合宿が、毎年の夏に箱根で行われるのを知って、そこで、新しい血を手に入れるため〝狩り〟というシステムを作ったのだが、これがうまく機能しなかった。

黒堂たちが、勝手に血を吸ったり、必要以上の暴力をふるうようになってしまったのである。

北島を頂点とした従属関係はあるものの、それは万能ではなかった。感染した者によっては、血への欲求が少ない者もいるし、凶暴性がまったく出ない者もいる。おそらく、〝D〟は、その本人が持っている何らかの要素を強める作用はするものの、もともと支配欲であるとか、凶暴性であるとか、そういう要素が少ない者には、少なく作用するものらしい。

基本的には、血が欲しくなった時には、感染者どうしが血を与えあえば、それですむのだが、それでは、満足できずに、新しい血が欲しくなることがあるのである。

これは、おそらくは精神的なもので、血の味が、感染者とそうでない者との間で、根本的に違うわけではない。

北島は、合宿所が近い箱根の小塚山の麓《ふもと》に別荘を買って、黒堂たちから新しい血の提供を受けようとしたのだが、黒堂たちのコントロールが利かなくなった。

勝手に動きはじめ、秋山虎男《あきやまとらお》を勝手に制裁して小田原へ帰してしまったことを耳にして、さすがにこれは面倒なことになるぞと、北島は判断した。

近いうちに、別荘を出て、しばらく海外にでも逃げようかと、色々考えていた時に、久鬼と亜室由魅が、赤城志乃と黄奈志悟を別荘まで追ってやってきたのだ。

そして、九十九三蔵の兄、乱蔵も——


乱蔵が、どうしてこの件に関わることになったのか。

実は、北島が血を吸ったのは、赤城志乃だけではない。

他にも何人かいる。

そのうちのひとりが、中上沙也加《なかがみさやか》という女だった。

二年前の夏——

当時、中学三年生であった、中上沙也加の血を飲んだのである。

東京の世田谷に住む、中学校の生徒であった中上沙也加は、役者志望であった。

女優になりたかった。

それで、都内にある「劇団ハッブル」という演劇集団に入って、役者修業をしていたのである。

その夏に「劇団ハッブル」の公演が、渋谷の道玄坂シアターであった。その時の演目に、中上沙也加も、出演者として参加していたのである。

打ちあげの席で、中上沙也加は、コーラで乾杯をした。他の仲間は酒を飲んでいたが、沙也加は、未成年であったので、コーラにしたのである。

ただし、夜の遅い時間であった。

そこで、たまたま、隣の席で飲んでいたのが、黒堂と青柴だったのである。

この時、黒堂と青柴は、高校一年であった。

しかし、見た目がふたりとも歳よりも老けている。大学二年生で通用する雰囲気が充分にあった。

それで、ふたりは小田原から東京に出て、渋谷で酒を飲んでいたのである。

この時、黒堂と青柴は、すでに〝D〟の感染者であった。

夜の渋谷にいたのも、北島のために〝狩り〟をするためであった。

その席で、黒堂と青柴は、沙也加たちに声をかけ、顔見知りとなった。

先に店を出て、沙也加を待ち伏せた。

ワゴン車で跡を付け、ひとりになったところで声をかけ、送ってゆくからと言った。

沙也加は、さすがに警戒して断ったが、黒堂と青柴は、無理やり彼女を車の中に押し込んだ。

ワゴン車を運転していたのは、北島だった。

深く帽子を被り、サングラスを掛けて人相をわからないようにしていた。

足がつかないように、盗んだ車だった。

その中で、三人は、沙也加を犯し、北島に血を吸わせたのである。

家にもどった沙也加であったが、犯されて血を吸われたことは、家の者には言わなかった。

首の傷については、舞台で大道具にぶつかって、出ていた釘で傷ついたのだと嘘をついた。

不審に思ったものの、親はそれを信じた。

幸いなことに、妊娠はしていなかったので、親を騙《だま》すことができたのである。

しかし、騙しきれてはいなかった。

その後、何度も、奇妙なできごとに、沙也加の両親は出遭っている。

沙也加が、自分で、自分の身体に傷をつけるのである。

最初にそれを発見したのは母親だった。

沙也加の身体に、傷があるのである。

それも、服の下に隠れて、見えないところばかりだ。

沙也加が家で着替えをしているのを、たまたま母親が見て、気がついた。

父親は父親で、夜、遅く帰ってきた時に、何げなく視線を向けた娘の部屋で、沙也加が、自分の左腕の手首のあたりを嚙み、そこから流れ出る血を飲んでいるのを窓越しに見てしまったのだ。

いったい、娘の沙也加に何があったのか。

わからないことだらけであった。

何かがおかしい。

そして、秋の事件が起こったのである。

秋――

空手の試合があった。

ある伝統派系の空手流派の試合であった。

それに、白井が出場したのである。

沙也加と白井は、つきあっていた。

まだ、身体の関係こそないものの、互いに互いのことをよく理解しあえる仲であった。

白井は沙也加の女優になる夢を応援し、沙也加は、空手家になるという白井の夢を応援していた。

ところが、夏頃から沙也加の態度が変化した。

白井が誘っても、つきあわなくなり、「劇団ハッブル」もやめてしまった。

明るい性格であったのが、暗くなり、無口になった。

理由を訊いたが、沙也加がはっきり応えるわけではなかった。

その沙也加が、久しぶりに、白井の応援のために、東京体育館までやってきたのだ。

白井は、そこで優勝したのだが、会場から沙也加の姿が消えていたのである。

沙也加はいた。

女性の部の出場者が、会場のトイレで泣き声がするというのである。

女子トイレの個室で、誰かが泣いている。もちろん、女性の声だ。

それが、沙也加だった。

その女性の部に出場した女性が、白井と同じ道場の道場生で、沙也加のことを知っていたのである。

帰り——

白井と沙也加はふたりきりになった。

ふたりきりになっても、沙也加は泣いていた。

抱きよせると、その身体が、震えていた。

怯えの震えであった。

「いったい何があったんだ」

白井は訊ねた。

夜の公園であった。

沙也加は言った。

「いたの」

と。

「いたって、誰が？」

「あいつら、あいつらがいたの」

「あいつらって、誰？」

そこで、ようやく、沙也加は渋谷であったことを白井に告白したのである。

黒堂、青柴、北島の三人に犯され、血を吸われたことを。

以来、血を飲みたくなって、時々たまらなくなるのだと。そういう時は、自分の身体を傷つけて、そこから血を飲むのだと。

「あなたの血も、時々、飲みたくなる……」

沙也加はそうも言った。

それで、黒堂と青柴の姿を、今日、会場で見かけたのだと。

誰か、知り合いを応援に来ていたように見えたと。

沙也加は、三人の名前は、知らなかった。

それらはみんな、後から白井が調べてわかったことであった。

沙也加が死んだ後、必死になって白井が調べたのだ。

試合の五日後、沙也加は、睡眠薬を大量に飲んで死んだ。

沙也加の葬式から三日たって、白井は沙也加の両親中上良太郎《りょうたろう》と、中上沢子《さわこ》に会って、
沙也加から聴いた話をした。

俄《にわ》かには信じられない話であった。

しかし、ふたりは、白井の話を、娘の話を信じた。

念のため、警察にも届けたが、話を信じてもらえたような印象はなかった。

あたりまえと言えばあたりまえだ。

仮に、血を飲むのは別にして、強姦《ごうかん》があったにしても、それを証明する術《すべ》はないのだ。

三人の名前もわかっていない。

かたちだけ、案件を受理したといったところだった。

それで、白井は、独自に調べはじめたのである。

手掛りは、沙也加から聞いた、黒堂と青柴の人相と、試合の日の服装であった。

あの時、出場した選手を応援に来たのだったら、誰かが必ず知っているはずだ。

それで、あの時出場した選手にひとりずつ会って、理由を言わずに、黒堂たちふたりのことを訊いてまわったのである。

それで、

「ああ、そのふたりなら、たぶん、西城学園の黒堂と青柴だろう」

という者がようやく見つかった。

これを、沙也加の両親に言うかどうか、白井は迷った。

結局、自分で調べ、確証を得てから話すことにしようと、自分は、東京ではなく小田原の、西城学園に入学したのである。

そして、白井は、ただひとり、引っ越して小田原で暮らしながら、黒堂たちのことを調べはじめたのであった。

そして、空手部にも入部した。

彼らがやっている〝もののかい〟は〝ものの怪《け》〟の〝怪《け》〟を〝かい〟と読ませたものだ。黄奈志悟が、おもしろがって、そうつけたのだという。

そういうことも、わかった。

今年の四月に、中上良太郎と沢子に手紙を出した。

――もうすぐ、黒堂たちの正体も摑めます。沙也加さんの敵《かたき》もうつことができます。

そういう意の手紙である。

西城学園に入学してから、はじめて書いた手紙であった。

そういう時に、久鬼麗一、九十九三蔵が、西城学園に入学してきたのである。

そして、阿久津も――


乱蔵の方は、はじめは別口であった。

北島が、他でも血を吸った人間がいたのである。

生島千代子《いくしまちよこ》というキャバ嬢であった。

キャバクラで知り合い、外で会うようになり、二度目に会った時、ラブホテルで、千代子の血を吸ったのである。

千代子は、北島の僕《しもべ》となった。

従順な女であった。

北島に血を吸われて、僕となった部分もあるが、男と関係を持つと、その男に尽くすタイプの女であった。

血のことが何もなかったとしても、関係を持ったらば、同様の僕となっていたところだ。

その千代子が、北島にかまってもらえなくなった。

赤城志乃という女が北島のもっと近くにいたからである。

それに、ついに、千代子が耐えられなくなったのだ。

嫉妬である。

そのため、千代子は、中上沙也加のことも調べた。

以前に、そういう女の血を吸ったことを、北島が口にしていたからだ。

沙也加もまた、北島に相手にされなくなって、暗い炎を燃やしているのではないかと思ったのである。沙也加を見つけて、意見が合うようであれば、一緒に北島に対して、何かやってやろうと考えていた。はっきり、その方法を念頭に抱いていたわけではない。

それで、沙也加のことを調べて、家に連絡をしたら、すでに亡くなっていることを、良太郎から知らされたのである。

千代子が、乱蔵に会ったのは、銀座のあるバーであった。

すでに、千代子は、キャバクラをやめて、そのバーで働いていたのである。

玄角《げんかく》という男と、乱蔵が、仕事が終わった打ちあげということで、飲みに来ていたのである。

ふたりを連れてきたのは、馴染みの客の、渡部幸四郎《わたべこうしろう》という、自動車の部品を製造している企業の社長であった。

「このふたりは凄いぞ」

と、渡部幸四郎は言った。

「うちの工場に出る悪霊を、三日で追い出しちまった」

本当とも冗談ともつかぬ口調で言った。

呪いであるとか、妖怪であるとか、そういうものに祟られている人間を助けるのが仕事であるのだと、渡部は言った。

乱蔵は、寡黙で、左肩に小さな猫をのせていた。

玄角には、明るく、尻を触られたが、いやな触り方ではなかった。

どちらも魅力的な男だった。

しかし、千代子は、乱蔵を選んだ。

連絡先を訊いて、そこへ電話をして、乱蔵と会ったのである。

「吸血鬼って、知ってます？」

と、千代子は乱蔵に言った。

「わたし、時々、人の血が吸いたくなって我慢できなくなることがあるんです」

でも、こらえている。

人の血を吸ったりしたら、たいへんなことになるからである。

全部を話すつもりはなかったのだが、乱蔵のそばにいると、この漢になら全て話してもいい気になって、本当に全てを話してしまったのである。

北島に血を吸われてから、こうなってしまったこと。

辛抱できない時は、北島の血を吸わせてもらうか、自分の血を飲んで我慢したこと。

そして、沙也加のことも。

「なんとかして欲しいの」

そう言って、千代子は泣いた。

「調べてみる」

そう言って、乱蔵は、席を立った。

それで、乱蔵は、この件に関わることとなったのである。

もちろん、こういうことは、後で乱蔵が話をしたことなどを耳にして、他の話とつなぎ合わせ、久鬼が理解したことである。

もちろん、乱蔵は、トランシルヴァニア症候群のことは、仕事がら知っている。

〝D〟のことも、伯爵病のこともわかっていた。

もちろん、〝D〟ウィルスのためのワクチンがあることも、乱蔵は知っていたのである。

乱蔵は、調べてゆくうちに、西城学園の黒堂のことも、もちろん、北島の過去についても、充分な情報を得た。

そして、仕事をはじめて一週間後、妙な事件が舞い込んできた。

小田原にある菊水組の人間の息子が、どうも誰かにぶちのめされたらしいという噂であった。

これに関して、菊水組が騒いでいるというのである。

乱蔵は、菊水組に顔を出し、

「二日以内に、おれがなんとかするので、派手なことをするのは、もう少し待ってくれ」

そう言った。

「わかった」

と、菊水組の幹部が言うので、その足で乱蔵は、風祭の雲斎のところへ向かった。

そうしたら、雲斎が、

「三蔵であれば、久鬼という漢と一緒に、箱根へ行っている」

というではないか。

箱根なら、北島の別荘がある場所ではないか。

乱蔵から話を聞いた雲斎は、

「わしも、ゆこうよ」

そう言って、乱蔵のランドクルーザーに乗り込んだのであった。

久鬼と三蔵は別荘にいるのだが、そこへは行かないことにした。

直接、空手部の合宿所にゆくことにした。

その途中で、やはり空手部の合宿所にゆく途中の、九十九三蔵と出会ったのである。

それで、三人は、相談をした。

そのため、九十九三蔵は別荘にもどることができずに、久鬼をやきもきさせたのである。

肝心なことがあった。

それは、乱蔵が〝D〟ウィルスに対するワクチンと、薬を持っていたことであった。

北島と闘った時、乱蔵が北島の胸に注射したのは、ナハモジンという、〝D〟ウィルス用に開発された、抗ウィルス薬である。

アトキンス教授が所属した大学の研究室で作られた薬で、アメリカでは、昨年から使用できるようになっているものだ。

しかし、医師の資格を持っていない人間が、勝手に、誰かに投与していいものではない。いや、たとえ医師の資格を有していたとしても、本人の許しなく、患者にそれを使用できないのは言うまでもない。

「おれは、手に持っていただけさ。そうしたら、相手が勝手にぶつかってきたので、その時、偶然に針が刺さっちまっただけでね。まあ、事故ってことだな――」

あの後、乱蔵はそう言って、笑った。

ナハモジンは、〝D〟ウィルスの増殖を抑え、ウィルスを無力化する。完全に殺すことはできないが、一度無力化されると、再感染しても、人体に影響がなくなる。

人体を強化するウィルス――これは、国家機密として、すでに日本でも研究が進められていて、抗ウィルス薬もワクチンも、JPAというその研究機関が有しているのである。

乱蔵が、この件について追っていると、それがこの研究機関の知るところとなり、JPAの方から接触してきて、互いに協力しあうこととなったのだ。

緊急用に、乱蔵は、ワクチンとナハモジンをJPAから預かって、携帯していたのである。

嚙まれても大丈夫なようにワクチンを、嚙まれた時に、使用できるナハモジンを。

雲斎は、合宿所に忍び込んで、感染者がどのくらいいるのかを調べた。

合宿の「狩り」で追われ、連れ戻された林《はやし》が、部屋に入ってきた阿久津に、

「夕方には、妙な爺いが、窓から覗いていたし……」

と言ったのは、雲斎のことであった。

雲斎が、久鬼に、黄奈志悟と赤城志乃を見張っておいてくれと言って姿を消したのは、林や佐山《さやま》たちを捜して、ナハモジンを〝投与〟するためであった。偶然にぶつかって、注射針が刺さってしまうという〝事故〟を起こすためだ。

後でわかったことだが、顧問の斎藤《さいとう》は、驚いたことに、感染者ではなかった。黒堂たちを恐れて、彼らに勝手にふるまわせていたという関係であった。

事後処理の多くを担ったのは、久鬼玄造《げんぞう》であった。

公《おおやけ》——つまり、JPAとしても、事を大きくしたくないとの思惑があり、それは、久鬼玄造の考えとも一致した。玄造が手をまわし、菊水組も含めて、可能なかぎり、事件性を小さなものにした。

〝行きすぎた合宿の稽古で怪我人が出た〟

保護者の間でも、その程度のところで事は収まり、地元の新聞にさえその記事はのらなかったのである。

赤城志乃にしても、黄奈志悟にしても、〝ルシフェル教団〟、〝エイト〟のことを耳にしたのは、北島の別荘へ逃げ込んだ時であり、

〝めったにない感染症に自分たちが罹っていた〟

ということで、不可解ながらもなんとか収まりがついたのである。

さらに、後のことで言うならば、この時、一番大きな隠し事——秘密を持っていたのは玄造であり、事件をできるだけ小さくしようと誰よりも願っていたのが、玄造であった。

しかし、この件が、実は洩れていたのである。

洩れたのは、黄奈志悟の発言であった。

黄奈志悟は、森の中で久鬼と闘っている。

久鬼が、感染者でもないのに、黄奈志悟と対等以上に闘ったことを、黄奈志悟は、北島に語っている。

久鬼の肘に、頬の肉を喰われたと、黄奈志は北島に語ったのだ。

どういう常識から考えても、それは、あり得ることではない。

それで、久鬼も、玄造も救われた。

黄奈志悟が、興奮状態にあって、勝手にそう思い込んだ。頬の傷は、別の原因で作られたのではないかということになった。感染者は、細胞の再生力が強くなるため、頬に残っていたはずの牙の跡などが、もう、どういう原因によるのか、判別がつき難くなっているのも幸いした。

しかし、北島の聴取を介して黄奈志のその発言は記録されて、JPAに残った。

当然ながらJPAは、ひそかにルシフェル教団にも、北島のことで簡単な問い合わせをした。

これに、ルシフェル教団——正式には世界ルシフェル協会、つまりルシフェル財団が反応した。

そして、調べた。

それで、黄奈志の発言は、ルシフェル教団の知るところとなったのである。

なんとか、事件を隠しきれたかと、久鬼玄造も考えたのだが、ただひとつ、ルシフェル教団が、このことに興味を持ち、そして、覚醒師フリードリッヒ・ボックが、調査のために日本にやってくることとなったのである。

むろん——

この年の八月三十一日、円空山に集まった九十九三蔵も、久鬼麗一も、そして真壁雲斎も、まだそのことを知らない。

この時、北海道にいた大鳳《おおとり》吼《こう》もまた、何も知らない少年——中学生であった。

ともあれ、本人の望む、望まぬにかかわらず、久鬼麗一は、西城学園に自分の城を持つことになったのであった。

自分を鎧《よろ》い、心の周囲に堅牢で、危うい壁を作り、その城の中に、久鬼は棲むようになったのである。

やがて、その城の扉を叩く者が現われる。

それが、久鬼麗一の弟、巫炎《ふえん》という同じ父を持つ、大鳳吼であった。

この時、まだ、ふたりは出会っていなかった。

四章　邪眼師

1

少年が、最初に知った物語は、世界最古の物語であった。

それを、まだ文字を読めない少年に語って聞かせたのは、父であった。

粘土板に書かれた、その、奇怪なる物語は、『ギルガメシュ叙事詩』として知られる物語である。

この物語が、最初に現代語として世に発表されたのは、一八七二年のことであった。

そもそものことで言えば、この物語が書かれた粘土板が発見されたのは、一八五三年のことである。

紀元前六六八年から紀元前六二七年まで存在した、ニネヴェのアッシュールバニパルの図書館跡から、ホルムズ・ラムサンという人物によって発見された遺物のひとつであったものだ。

これを、大英博物館の修復員、ジョージ・スミスが解読した。

それは、この長い物語の全体ではなく断片であったが、それでも、幼かった少年を、虜《とりこ》にした。

発表されたその年に、父が幼かった少年に語って聞かせたとするなら、少年はまだ六歳であったことになる。

そのような物語を、発表された年に読み、幼い我が子に語って聞かせたというのは、その父もただ者ではなかったことになる。親が子に、眠る前、童話や昔話を読んで聞かせたり、語ったり、というのとはわけが違う。

眠りに落ちる前、この妖しい、甘美な物語を聞かされた少年の心はいかばかりであったろうか。

この物語によって、少年は作られたと言っていい。

そして、この少年の生涯は、まさにこの物語の主人公である古代オリエント、シュメールの王ギルガメシュのようであった。少年は、この王と神々の物語を自ら生きたのである。

それは、どのような物語であったか。

ギルガメシュは、ウルク城の王であった。強き英雄であり、また、暴君であった。

困った民が、なんとかしてほしいと天神アヌに訴えると、アヌは女神アルルに、

「ギルガメシュと同じくらい力の強い英雄を作ってほしい」

と命じた。

女神アルルが、天神アヌに言われて作ったのが、エンキドゥである。

このエンキドゥとギルガメシュは闘ったのだが、勝負がつかない。互いの強さを認めあって、ふたりは友人となった。

旅の友と言っていい。

森番フンババと、聖牛グガランナを倒したふたりは、運命によって、いずれかが死なねばならなくなる。

死ぬことになったのは、エンキドゥであった。

そして、ギルガメシュは、不死と永遠の生命を求める旅に出る……

この長大なる物語が、少年に生涯の呪いをかけたのである。

2

父は、この少年のために、様々なことを行った。

それに協力したのが、後に少年の最初の師となる、ある司祭であった。

少年の父は、大工であった。

その仕事場で、少年はよく遊んでいた。

そこへ、この司祭が訪ねてくる。

少年の前で、司祭がいきなり、おごそかな声で父に問う。

「神はたった今、どこにおられるか？」

この問いに、父が答える。

「神はたった今サリ・カミッシュにおられます」

サリ・カミッシュ――ロシアとトルコのかつての国境近くにある森の名前であった。

「神は、そこで何をなさっておいでか」

「神は、そこで、二つ折りの梯子《はしご》を作り、その上に幸福を結びつけて、個々の人間や民たちが、そこを昇ったり降りたりできるようにしている」

と父が答える。

このような、奇怪な問答、奇怪な教育が、父とその司祭によって、少年に対して、幾度となく、幾晩となく、なされたのである。

また、別の時には、

「梯子の上は、梯子の下がなければ存在せず、梯子の上の幸福もまた、その下にあるものによって支えられているのである」

このようなことを、突然、父が言い出したりもした。

さらにまた父は、極めて異様なる行為を、少年に対して行った。

それは、少年のベッドに、生きたカエルやミミズ、鼠《ネズミ》などを入れておくことだ。

時には、生きた蛇を捕らえてきて、少年にその蛇を握らせ、その蛇としばらく遊ぶように命じたりもした。

父は、少年に、幾つもの言葉を残した。

それは――


灰は火によってできる。

暗闇の虱《シラミ》は虎よりもおそろしい。

もし、人に自己があれば、神も悪魔もとるにたらぬ。

信仰を失いたければ、司祭と仲よくせよ。


というようなものであった。

さらに、父は、少年に対して、極めて異様なる実験に参加することを求めたりもした。

それは、次のようなものであった。

3

ある時――

「ついておいで――」

と、少年は父に言われた。

この頃、少年は、カルスという町で父と母、祖母と弟と妹の六人暮らしであった。

母と祖母、弟と妹を家において、少年は父とカルスを出た。

着いたのは、アレキサンドロポスという大きな街であった。

ここは、かつて、父が住んでいた土地であったのだが、財産の多くをあることで失ってから、カルスという町に越したのである。

街のはずれの、安い宿に一室をとった。

父がそこでやったのは、街へ出ては様々な人間に声をかけ、宿の部屋に連れてきて、彼らに催眠術をかけることであった。

「金を払うから」

と言えば、たやすく人はついてきた。

少年が一緒にいることで、彼らも安心したのである。

それは、少年の前で行われた。

連れてこられた人間の多くは、たやすく催眠術にかかった。

彼らは父の前で、

「立て」

と言われれば、椅子から立ち、

「座れ」

と言われれば、再び座った。

時に、彼らは眠ったり、また、その場で服を脱いだりした。

彼らが帰った後、

「よくお聞き」

父は少年に言った。

「彼らが、本当に催眠術にかかっているかどうかは、実はわからないのだよ」

「どうして？」

少年は訊いた。

「彼らは、お金をもらえるから、あえて、こちらの言う通りのことをしているだけなのかもしれないのだ」

「それがわかるの？」

「ああ。多少はわかるのだ。昼間来た女は、言われた通り、服を脱いだろう」

「催眠術にかかったからじゃないの」

それを見ていた少年は言った。

五十くらいの女だったが、なんと、その女は、父と少年の前で、

「服を脱ぎなさい」

と言われて服を脱ぎはじめたのだ。

「そんなに、簡単なものではないのだ」

と、父は少年に言った。

「催眠術にかかっていても、人は、自分の常識や、通念からは逃れられない生きものなのだ」

たとえば、催眠術にかかっていたとしても、

曰く——

「人を殺せ」

と言われて、人を殺せるものではない。

「高い崖から飛びおりよ」

と言われて、飛びおりられるものではない。

それは、人を殺すのは悪であるという認識が、いくら術にかかっている状態であっても人にはあるからだ——と父は言った。

催眠術にかかっていても、崖から飛びおりれば死ぬとわかっている。そういうことは、人は言われてもやらない。

「誰かに術をかけ、服を脱げと命令しても、簡単には服を脱がない。この常識があるからだ。本当に服を脱がせたければ、まず、その理由を与えてやらねばならないのだよ」

たとえば——

「これから、風呂に入るのだと、女に思わせ、信じ込ませねばならない。

それを信じ込ませた後ならば、女が服を脱ぐ可能性は、ずっと高くなる。

何故なら、風呂に入るためには、服を脱がねばならないという常識が、人間にはある

からだ。

「ところが、あの女は、ここが風呂だという暗示をかけていないのに、服を脱ぎはじめた。術にかかっていない可能性がある」

つまり、自分を喜ばせるため、望む結果を出してやろうと、わざと術にかかったふりをしている可能性があるということなのであった。

「それは、それでいい。しかし、明日やることは、これまでよりもずっと困難な、だいじなことなのだ」

父は言った。

そして、翌日――

父が見つけてきたのは、アルメニア人のサンドという女だった。

齢は、四十代半ばくらいであろうか。

その時やったのは、これまでとはまったく違う、実験であった。

まず、やったのは、女の前で、粘土と蠟《ろう》と、散弾を使って、一体の人形《ひとがた》を作ることであった。

それを作り、その人形の中に、サンドからもらった髪の毛を入れた。

材料は、全て、父が、カルスから持ってきたものだ。

父は、次に、女に催眠術をかけた。

そして、ナンシー学派からは、第三次催眠状態と呼ばれる状態にまで、サンドを導いた。

「やりなさい」

父が少年に命じた。

少年がやったのは、次のようなことであった。

サンドの身体の何箇所かに、少年は、オリーブと竹の油で作った軟膏《なんこう》を塗った。その後、軟膏を布でぬぐって、ぬぐった軟膏を、今まさにサンドの身体に塗ったのと同じ人形のその場所へ、塗りはじめたのである。

「これは?」

問うた少年に、

「黙って見ていなさい」

父は言った。

やがて、父は懐から一本の針を取り出し、その針を、人形の軟膏を塗った箇所に次々に刺しはじめたのである。

奇怪なことに、針が人形に刺し込まれるたびに、女は、

「ちっ」

とか、

「あつっ!!」

とか、声をあげるのである。

少年がびっくりしたのは、

「見なさい」

と言われて、父が指差したサンドの身体のその部分を見ると、そこに、針で突かれたような傷が出現したからである。

場所によっては、そこから血が、丸く玉になって膨らんだ箇所もあった。

凄いことが、今、眼の前で起こっている——

少年はそう思った。

近くであるとは言え、ある行為が、空間を隔てた向こうのものに、物理的な影響を与えるのだということがわかったからである。

たとえ、どんなに演技をしたとしても、実際に、意志の力で、手も触れることなく、自分の身体に傷を作り、血を流させることなど不可能であったからである。

まぎれもない。

世界には、信じられないできごと、力が存在するのだと、少年はそこで理解したのである。

4

少年は、十代半ばを過ぎる頃には、自身の不思議な力に気づいていた。

〝見る〟ことによって、人を操ることができるのである。

その人間の運命や、未来を変化させることができるのである。

時間に干渉できる、ということとは違う。特定の人間の行動や、感情を操ることができるのである。

たとえば、いやな人間がいるとする。

その人間を睨むのである。

睨みながら、不幸なことがその人間にふりかかればいいと願う。

それを何日か続けていると、その人間に不幸が起こるのである。

階段を下りる時に、踏みはずして落ち、足を折ったりする。

何げないところでつまずいて、転ぶ。

犬に噛まれる。

そういうことが起こるのだ。

別に、それは、その人間が階段を下りている時に、その足を動けぬようにして、段を踏みはずさせる——というような力ではない。

人間の肉体の動作を、意志の力で別の方向へ向けさせることはできない。

もっと、わずかな力だ。

何げなく、その人の耳元で、

〝あ〟

と、囁くほどの力だ。

その力が、たとえば階段を下りる時の足の位置を、ほんの数ミリ、変えさせる。

ほんとうに何げない作用だ。

人間の肉体の動きは、驚くほど精妙な神経の働きで、バランスを保っている。踏み下ろそうとした階段が、ほんの数センチ高かったり、低かったりするだけで、そのバランスが崩れる。

そういうことに、ほんのわずかなきっかけを与えるだけの力だと思っている。

しかし、考えようによっては、それでもたいした力のように思える。

また、十代の半ばといえば、異性への興味が湧く。

好もしいと思う女性を見つめているだけで、その女性が、自分のもとへ寄ってくるのである。

時に、人妻であれ、他に恋人がいる女であれ、ほぼ、例外はない。

これも、力としては、わずかなものであるとわかっている。

もともと、女性にしろ男性にしろ、異性に見つめられると、その相手のことを意識するようになり、それが、好意的な視線であれば、その人間のことを好きになるものだ。

はじめは、特別な力だとは思わなかった。

「おまえの眼は、深い……」

父に、そう言われたことが、何度かあった。

「おまえの眼を見つめていると、吸いこまれそうになる」

そうも言われた。

その意味は、幼い頃にはわからなかったが、それは、こういうことなのかと思うようになった、
見る者に、自分に対して好意を抱かせる。

それは、ほんのわずかでいい。そのわずかが、向こうの心の中で、勝手に育って大きくなってゆく——そんな感じだった。

欲しい女を見つめる。

抱きたい女を見つめる。

すると、女の方から、少年に声をかけてくる。

そういう女と、やがて、少年は肉体の関係を持つようになった。

最初は、少年が誘ったのではない。

女の方から——

それは、友人の姉だった。

彼女が、自分の方から声をかけてきて、誘い、関係を持ったのが最初であった。

ただ、誰にでも心のままに、この力を使ったわけではない。

それは、父の視線があるので、自身でセーブしたのである。

そうして、後年——つまり成人してから後、少年は、他人から、
邪眼《じゃがん》の持ち主——

そう呼ばれるようになった。

邪眼、イーブル・アイズのことだ。

少年は、成人して、友人とともにエジプトや、インド、トルコ、チベットへ、ギルガメシュのような神話の旅をした。

少年の名前は、ゲオルギイ・イヴァノヴィッチ・グルジェフと言った。

5

グルジェフ自身の言葉によれば、彼は、奇怪な体験と奇怪な旅を繰り返している。

後に自身の著した『注目すべき人々との出会い』という書によると、グルジェフはこの現世《うつしよ》ではなく、そういった奇怪な不思議の国に棲んでいたのではないかと思われるほどだ。

彼の生まれて育った地方が、まさにそういう土地でもあった。

文明、文化、あらゆる宗教の交差点であり、キリスト教はもちろん、ユダヤ教、イスラム教、ゾロアスター教を信仰している人々がそこに棲み、あらゆる秘教がアレキサンドロポスにあったのである。

イスラムの秘教であるスーフィー教もあり、そして、すでに滅びた国の滅びた神の物語――グルジェフに大きな影響を与えた『ギルガメシュ叙事詩』もまた、身近なものとしてそこにあったのである。

多かれ少なかれ、幼年期から少年期にかけて、人はそういった不思議の国の住人である。

誰でもが、幼少の頃、自分の周囲に妖精を見るし、あらゆる事物に神の気配を感じ、時に魔の囁く声を耳にする。

闇の中には、想像の及ぶ限りのものが棲み、考えうる、あるいは考えることすら及ばない事象が存在して、そこから、様々なものがこの現世にたちあらわれてくるのを見、知ることができた。

天井の木目や、石のかたちや模様の中に、神や妖物は棲み、時に、宇宙の真実さえその中《うち》に語られているのを、かつて我々は知っていたのである。

そして、いつの間にか人は、そういった国から現世に移ってきて、その現世の住人となってしまう。

木や、石は、黙して語らず、自然物やものの中に見えていた神の言葉や物語を、知らぬうちに見失ってしまうのだ。

しかし、グルジェフは、幼年期から少年期、さらには青年期から壮年期、晩年に至るまで、そういう国に棲み続けたのだ。

人が、物語を語る、語り続けて、自ら作ったあまたの物語の中に埋没し続けてゆくという行為もまた、ある意味ではグルジェフ的な行為と言ってもいいのかもしれない。

まあ、いい。

グルジェフのことだ。

グルジェフの最初の師が父であるなら、二番目の師は、ボルシュ司祭長であった。この司祭長ボルシュが、たびたびグルジェフの家を訪ねてきては、グルジェフの眼の前で父と問答をしてみせたことは、すでにのべた。

このボルシュの依頼で、ユダヤ教エッセネ派のエヴリッシ・ボガチェフスキー神父《ラビ》が、グルジェフの師となることになったのである。

「おもしろい子供がいる。その子の面倒を見てもらいたいのだ」

このような会話が、ボルシュ司祭長とエヴリッシ神父との間にあったと思われる。

「どのようにおもしろいのです」

エヴリッシ神父が訊く。

「まだかたち定まらぬ混沌《カオス》のような子供さ。あけの明星だよ。導き、育てれば、神の子にも、悪魔にもなることができる……」

「サタンのことを言っておいでなら、彼はもと天使ルシフェルですよ」

と、このエッセネ派の神父は言った。

エッセネ派とは、ユダヤ教ファリサイ派から生まれた教団で、死海文書を作成したと言われているクムラン教団は、エッセネ派から生まれたとも、あるいは、エッセネ派そのものであるとも言われている。

エッセネは、ギリシャ語で医師を意味する言葉がもとになったヘブライ語で、紀元前一〇〇年頃、ファリサイ派から弾圧されて、クムランへ逃れた。

洗礼者ヨハネも、イエスも、このエッセネ派であったとも言われており、死海文書の中には、この教団の思想である、光と闇とが対決する終末戦争のことが描かれている。

あらためて書いておけば、イエスはキリスト教徒ではなく、ユダヤ教徒である。これは、仏陀が、仏教徒ではなくバラモン教徒であったことと同じ意味のことだ。

グルジェフが、心霊術に出合ったのは、愛していた妹が死んで、いくらも時が過ぎていない頃である。

当時、流行していたのは、テーブル・タッピングと呼ばれる方式の降霊会であった。皆でテーブルを囲み、何者かをそこに招喚する。その何者かに問うと、それが、その質問に答えてくれる——

これを行ったのである。

その流行は、イギリスのロンドンでも同様で、シャーロック・ホームズ物語の作者であるコナン・ドイルもまた、この時期に降霊会などに出席して、霊や妖精の存在を信じたのである。

この降霊会には、エヴリッシ神父をはじめとして、軍の技術者であるヴセラフスキーや、何人かの大人たちが集まった。

「こういう現象は、霊魂の存在を抜きにしては考えられません」

ヴセラフスキーは言った。

実のところ、霊魂の存在を信じていたのはヴセラフスキーだけで、他の者たちは彼の
その考えには、どちらかと言えば否定的であった。

「霊魂は存在する」

「しない」

そういう議論の後に、

「では、やってみよう」

ということで、集まったのである。

グルジェフ自身は、そういった大人たちの集う現場にはいたのだが、降霊会そのもの
に参加していたわけではない。

グルジェフは、妹の死によって、人の生と死、そして霊魂については大きな関心を抱
いていた。

「テーブルに、金属が使用されている場合は、霊がこれをいやがるので使えません」

ヴセラフスキーは、そう言って、その場にあったテーブルは使用せずに、近所の写真
家から借りてきた三本脚のテーブルを使用した。

夕刻――

扉を閉め、灯りを消して、降霊会ははじめられた。

やがて、二十分ほども過ぎたかと思われるころ、テーブルが動き出した。

「我々の年齢について、おたずねします」

ヴセラフスキーが、そこにいた面々の年齢を訊ねると、テーブルは、そのつど、三本脚のうちの一本を持ちあげてみせ、その人の年齢の数だけ床を叩いた。

これには、皆が驚きの声をあげた。

「あなたは誰ですか」

という問いには答えなかったものの、そこに招喚されたものは、他の質問には、脚を持ちあげて叩くことで答え、しかもその答えのことごとくが当たっていたのである。

グルジェフは、それに感動した。

集まった者たちは、

「それが、霊魂であるかどうかはわからない――」

とはしたものの、

「しかし、何かがそこにやってきたことは、間違いない」

というのが、共通した意見であった。

「これは、どういうことでしょうか――」

グルジェフは、ボルシュ司祭長に問うている。

「ナンセンスである」

ボルシュ司祭長は言下にそう言った。

「いいかね。もしも、霊魂が、本当にテーブルの脚を使って床を叩くのだとしたら、霊魂は何らかの物理力を有していることになる。そうであれば、もっと簡単に自分の意思を伝える方法はいくらでも思いつくだろう。軽いペンを使って文字を書いたっていいし、誰かの身体に直接触れてくるのでもいい。どうしてわざわざテーブルを持ちあげたりするのかね――」

なるほど――とグルジェフは思ったものの、この世には、もしかしたらボルシュ司祭長の考えもおよばぬような力やできごとがあるかもしれないとの思いは捨てきれない。

ある時――

グルジェフは、アレキサンドロポスの叔父の家を訪ねている。

その時、叔母に言われたのが、

「あんた、事故に気をつけなさい」

という言葉であった。

「なんのことです?」

「黙っておこうと思ったんだけどね、あんまり当たるもんだから、あんたにひとこと言っておかなくちゃっていう気持ちになったんだよ――」

よく当たるという占い師の知り合いがいて、ある時、何気なくグルジェフのことを占わせたのだという。

その時占い師が口にした予言のことごとくが、

「当たっているんでね」

叔母は、その予言の幾つかを口にした。

靴を新しくしたことや、友人との喧嘩《けんか》、なくした金の額まで当たっていた。

「気をつけなさい、と言ったのは、占い師が口にしたことで、まだ現実化していないことがふたつあるのさ」

ひとつは、グルジェフの右半身に、たちの悪い腫《は》れものができること、ふたつ目は、銃か何かの火器でひどい怪我をすることであるという。

グルジェフが驚いたのは、そのうちのひとつがもう現実化してしまっていたからである。

最近、右脚に吹き出ものができて、それを治すために、ひと月ほど軍の病院に通っていたからだ。

治ったのは、数日前である。

家の者には、このことは何も言っていなかったので、叔母がこれを知る機会は、皆無ではないが、ほとんどなかったといってもいい。

占いなどを、グルジェフは信じない性《たち》であったから、耳にした時はびっくりしたものの、やがて忘れてしまった。

ところが、これが現実となった。

叔母の話を聞いてから、一週間ほど後、グルジェフは友人と三人で鴨を撃ちに出かけた。

この時、あやまって、友人の銃から発射された銃弾が、グルジェフの脚を貫いたのである。

大量の出血があったものの、骨を砕くことなく弾は肉を貫通していったため、この後グルジェフが足を引きずって歩くというようなことはなかったものの、大事故であった。

また、ある時――

これもアレキサンドロポスの叔父のところを訪ねたおりのことだ。

叔父の家の前に、まんなかにポプラの樹の生えた空き地があって、ここが、近所の子供たちの遊び場となっていた。

アルメニア人、ギリシャ人、クルド人、タタール人――あらゆる肌の色の子供たちがそこで遊んでいる。

グルジェフは、ポプラの樹の下に座って、近所の人間の結婚式のために描かねばならない花文字のことを考えていた。

その時、子供の悲鳴が聴こえた。

見れば、広場の地面に輪が描かれていて、その輪の中にひとりの子供がいた。

それを、他の子供が輪の外から笑いながらはやしたてている。

悲鳴は、輪の中の子供があげたものであった。

その輪は、入ったら抜け出すことができない魔法陣であった。子供は、その輪の外へ出ようとするのだが、そのたびに身体が痙攣《けいれん》して、輪の外へ出られない。出ようとすればするほど、それを拒むように、子供の身体が奇妙な舞のように踊り出して、外へ出られないのだ。

それで、子供は悲鳴をあげて、泣きじゃくっているのである。

子供はクルド人でイェジディ教の人間であった。

マラク・ターウースという孔雀《くじゃく》天使を信仰しているのがイェジディ教で、その子の両親は熱心な信者であった。

イェジディ教の人々は、トランスコーカサス——アララト山の近くに住み、時に悪魔崇拝者と呼ばれたりする。

グルジェフが、足で、地面に描かれた輪の一部を消してやると、抱きかかえて輪の外へ連れ出す間もなく、子供は輪の線の消えたところから外へ飛び出して、すぐにその姿は見えなくなった。

この時、グルジェフが思い出したのは、父親の催眠術の実験に立ちあった時に見た、アルメニア人の女サンドの身体にできた傷のことであった。

人は、信仰や思い込みによって、自らの肉を変化させたり、自分の行動を制限させてしまうことがあるのだということを、グルジェフは理解した。

これに興味を抱いたグルジェフは、実験をしている。

その報告によれば、イェジディ教の人々は、たとえ大人であれ、自力ではこのような輪から外に出ることはできないという。出そうとすれば、ものすごい力で抵抗する。何人かで、むりやり外へ出すと、その身体は硬直し、意識を失ってしまうこともある。

これには、催眠療法も効かず、唯一、イェジディ教の指導者の短い呪文だけが、彼らを外へ出す効果があったのである。

グルジェフの友人たちの中には、

「それは、おまえが、子供やクルド人にからかわれているだけではないのか」

こう言う者もいた。

「彼らは、ただ信仰上の理由から、自分の意志で外へ出ようとしないだけで、別に、出ようとすると、身体がこわばって動けなくなるというものではない」

そう言う者もいた。

悪魔と、輪から出られないという信仰上の契約をしているので、それを破ると、悪魔に連れて行かれてしまうのをおそれているのだと——

科学を齧《かじ》った者は、

「それはある種の磁気現象ではないか」

と言う。

酒に酔った者は、

「悪魔よ、あらゆる悪魔崇拝者たちを連れてゆけるものなら連れてゆけ。彼らのひとりずつに、半ボトルのウォッカを与えれば、どんな悪魔であっても手が出せまいよ」

このように言った。

しかし、どう言われても、どう説明されても、グルジェフの頭に湧いた疑問が消えることはなかった。

それは、

「もしかしたら、この世には、不可知の力が存在するのではないか——」

という疑問であった。

こうして、グルジェフは、手に入る全ての宗教書、科学書、古典から現代のものまで、手あたり次第に読むようになっていったのである。

また、同じアレキサンドロポスで、別の事件にグルジェフは出遭った。

タタール人地区に、ゴルナークが現われたというのである。

ゴルナークというのは、タタール人たちがそう呼ぶ死霊——あるいは、今日風に言うならゾンビのことである。人の死体に憑《のりうつ》り、墓場から蘇《よみがえ》って、仇《かたき》に祟るものである。

タタール人、マリアム・バッチの息子が死んで、埋葬された。

この男は、警備警察官になったばかりの若者であった。死ぬ数日前に、タタール人の競技ジギトーフカで落馬し、腸をねじってしまったという。

軍医がやってきて、腸をもとにもどすために水銀溶液も与えたのだが、その効なく、息を引きとった。現在の感覚からすれば、水銀溶液などは猛毒であり、多く摂取すれば死に至るのは言うまでもない。

　この若者は、タタール人の慣習に従ってすぐに埋葬されたのだが、ゴルナークが憑《つ》いて、墓から蘇った。

　ちなみに、この若者は、かつてアレキサンドロポスにグルジェフの一家が住んでいた頃、近所に住んでいた一家の息子であった。

　彼は、ふらふらしながら自分の家に帰ろうとしたのだが、その姿を近所の者たちに見つけられて、大騒ぎとなった。

　見た者たちは、怖がったり、叫び声をあげたりして、ひとしきり騒がしかったのだが、近所に住む者のうちのひとりが、駆け寄って、刃物でその喉を掻き切って、こんどこそ本当にその若者は死んでしまったのである。

　不思議なことに、ゴルナークが憑くのはタタール人のみで、近くに住んではいても、キリスト教徒には憑くことがない。

　これが、不思議と言えば不思議である。

　原因のひとつとして、合理的に考えれば、タタール人たちは、埋葬するのが早い。しかも、埋めるのは浅く、棺桶の中には死者が生前好きであった食べものや水が入れられる。

　さらには、埋めるのが浅いことに加え、埋葬の時、ただ棺桶の上に、ぱらぱらと申しわけ程度に土をかけるだけだ。

つまり、何が言いたいのかというと、埋葬された後、もしも当人が生きていたら、水と食い物が眼の前にあるわけで、生きのびることもできるし、

「墓地から自力脱出できる可能性も充分に大きくなる」

ということになる。

もしかしたら、この若者は、ゴルナークが憑いたから生きかえったのではなく、もともと生きているのを埋められて、蘇生した後、ただ単に家に帰ろうとしただけなのかもしれない。

だとしたら、この若者は、事故で死んだのではなく、殺されたことになる。

しかし、グルジェフにはそれをたしかめる術《すべ》はない。

このようなできごとや事件は、グルジェフの周囲で頻繁に起こった。

若者となった時、グルジェフは、サルキス・ポゴシャンという友人と旅に出ている。

ポゴシャンは、グルジェフと同様にカルスで育った人物であったが、最初に会ったのはカルスではなく、ポゴシャンがエチミアジンに住んでいる時のことであった。グルジェフの父親が、ポゴシャンの一家とは以前からの知り合いで、たまたまグルジェフがエチミアジンに出かけることがあって、その時に、ポゴシャンの両親から息子宛の荷物をことづかっていて、それを持っていった時にふたりは知り合ったのである。

そもそも、この時、グルジェフがエチミアジンにゆこうとしたのは、グルジェフが出遭った超自然的現象の謎を解こうとしたためである。

超自然的な様々な現象——それに、どのような意味があるのか。

グルジェフの生きる目的は、その探究となっていた。

この時期にグルジェフがやっていたのは、トランスコーカサス一帯の聖地を巡礼して回ることであった。様々な宗教書を読み漁《あさ》り、聖人と呼ばれる人がいれば、会いに行って教えを乞うた。高名なサナイネ修道院のイェヴラムピオス神父に三ヵ月弟子入りしたこともあったのである。

そういった巡礼の旅の中で、グルジェフはひとつの奇跡を眼にしている。

それは、グルジェフがアルメニア人の巡礼団にまざって、アメナ・プレッという名で知られるジャジュール山中の祭典に参加した時のことであった。

巡礼の仲間に、パルテヴァンという小さな村からやってきた中風《ちゅうぶ》の男がいた。その男は、症状が重くて、左半身不随、ほとんど自力で歩けなかった。あらゆる治療を試みたが治らず、ついに信仰にすがって、このアメナ・プレッにやってきたのであった。

ジャジュールの山に登る時、この男は、自力で登ると言い出した。そして、誰の手もかりずに、右足と右腕で、這いながらこの山に登り出したのである。この男は、ついに自力で頂上にたどりつき、教会の中央にあった聖人の墓ににじり寄って接吻《せっぷん》した。そこで男は、意識を失ってしまった。

皆で、水を与えたり、頬を叩いたりして男を蘇生させたところ、目覚めた男は自力で立ちあがり、自分の全身が動くことを知り、叫び、歓喜して、地面に身を投げ出して、泣きながら祈りはじめたのである。

聖地巡礼の旅の中で、こうした奇跡を目の当たりにしながら、グルジェフはエチミアジンに出かけたのである。

アルメニア人にとって、エチミアジンは、イスラム教徒にとってのメッカ、ユダヤ教徒やキリスト教徒にとってのエルサレムと同じものであった。

ポゴシャンとグルジェフが出会ったのは、ポゴシャンが、エチミアジンの神学校を出て、司祭となる準備をしている時であった。このポゴシャンが、この後のグルジェフの旅の友となった。

ポゴシャンもまた、グルジェフと同様の疑問の探究者であった。

グルジェフは、自分たちふたりを、あの古い物語の主人公、ギルガメシュとエンキドゥになぞらえていたのかもしれない。

ふたりは、幾つもの秘教教団について学び、旅をした。

古都アニの廃墟で、古文書を掘り、ギリシャ、トルコ、アレキサンドリアなど、アジアとオリエントの辺境をふたりで回ったのである。

ポゴシャンと別れた後は、再びエジプトに渡り、ピラミッドの案内人をしたこともあった。

しかし、どの旅でも、どの聖地を訪れても、グルジェフの飢えが満たされることはなかった。

真理は、どこにあるのか。

ある旅の中で、グルジェフが出会ったのは、プリンス・ルボヴェドスキーとスクリドロフ教授であった。

このふたりもまた、真理の探究者であった。

そして、グルジェフの興味は、東へと向かうことになったのである。

東――

日本および中国にとっては、西域である。

インド、チベットの秘教にグルジェフの興味が移ったのである。

インドや、チベットには、瞑想《めいそう》によって、人間が人間以上の存在となり、宇宙の智恵、真理に到達する技術があるという。そして、それを教えてくれる導師《グル》がいる。

そうして、ユーラシア大陸における、グルジェフの果てしない旅が始まったのである。

その旅の中で、グルジェフはやがて、チャクラという概念と出合うことになる。人体の中に存在するエネルギーの中継点――これを活性化させることで、人が、人以上のものになる――

そして、グルジェフが思い至ったのが、人体の底の底、尾骶骨の先にあるチャクラの存在であった。

八番目のチャクラ――それを、グルジェフはルシフェルの座と呼んだのである。

グルジェフが、その新聞記事を眼にしたのは、ロンドンにいる時であった。

ストランド紙に、探検家オーレル・スタインの記事がのったのである。

その時、スタインが何げなく語っていたのが、敦煌《とんこう》で、王道士に見せられたという不思議な曼陀羅《まんだら》のことであった。

これだ——

グルジェフの直感が、そう告げた。

ついに、自分は、出合ったのだと。

その時、一九一〇年——

グルジェフ四十四歳。

そして、グルジェフは、スタインのもとを訪れ、その話を直接聞いて、敦煌へゆく決心をすることになったのである。

そこでグルジェフが出会ったのが、大谷探検隊と、そして、キマイラであった。

一九一二年、二月のことであった。

五章　大妖怪

1

沢井《さわい》は、よく我慢したと言っていい。
龍王院弘《りゅうおういんひろし》はそう思う。
指を折られ、爪の間に竹のヘラを差し込まれた。
それでこじれば、
めりっ、
という音があがる。
やられた本人が、自分の爪を剝《は》がされる音を聴く。
これは、気力が萎える。
それに、宇名月典善《うなづきてんぜん》は巧妙だった。
あらかじめ、攻める場所を知らせてしまうと、人はそれに耐えてしまう。

右手の人差し指の爪を攻めるぞ、攻めるぞと思わせる――これは効果的だ。しかし、本当にそこを攻めてしまっては、人は、それに対して我慢をする。だから、違う指の爪の下に竹のヘラを差し込んだり、別の指の骨をいきなり折ったりする。

上半身を裸にされて、沢井は腰を椅子に縛り付けられている。

両手は、前に出され、テーブルの上に置かれているが、右手首と左手首の間に一本の棒が渡されて、その棒に、右手首と左手首が固定されているのである。

棒の両端は、若い者ふたりが押さえているので、沢井は手を動かすことはできない。

さらに言えば、椅子の脚に、両足首が爪先を浮かせた状態で縛りつけられているので、どういうかたちにしろ立ちあがることさえできないのである。

自分の指先が、他人によってほじくられるのが見えるというのは、その人の精神を崩壊させるのにはかなり役にたつ。

関節の曲がる方向とは逆方向に指が曲がり、歪《いびつ》なかたちになっているのも見える。

そして、宇名月典善は、沢井に問わなかった。

何を知りたいのかを。

何を白状せよとも言わなかった。

それで、指三本を折り、爪の三枚をほじくったのだ。

しかも、嗤《わら》いながら。

「痛いであろうよなあ」

言いながら、赤い舌で、唇をぞろりと舐める。

「少し、痛くないことをしよう」

典善は言った。

そして、懐から、長さ二〇センチほどの針を取り出した。

その針を右手に持ち、左手の指先で、沢井の左の胸をさすった。

「ここか」

そして、肋《あばら》と肋の間に、その針の先を潜り込ませた。

すうっと、斜め下から斜め上へ、針が沢井の胸の中に潜り込んでゆく。

痛い。

痛いが、爪の下をこじられるよりは痛くない。もともと、人の肉体は先端——特に手の指先には神経が集中しているので、そこを攻められればその痛みは強い。

胸の肉は、そこまでではない。

しかし、痛みはある。

特に、いやな痛みだ。

注射針より、ちょっと太いものが、肉の中に潜り込んでくるのである。肉の中を、金属の針が動いてゆくのだ。しかも、それが見える。

細い金属が、肉を擦《こす》って潜り込んでゆく感触——無数の微細な痛点を圧《お》し、破壊し、潰しながら針が肉の海にゆっくり潜ってゆくその感触は、不気味だ。我慢できる痛みだが、不快である。

その不快さは、針が潜り込んでゆくのが見えていることからも、もたらされるが、一番はその速度であろう。

典善は、一番いやな感触を与える速度を、心得ているようだった。

そして、針は、信じられないほど深く潜ってゆく。

典善は、手を休めない。

「あっ」

と、沢井は声をあげた。

「や、やめろ、心臓が――」

心臓が、その針の先にあるのはわかっている。

もしも正面から刺していたら、もう、針の切先《きっさき》は、心臓を深く貫いているところだ。

およそ、半分。

十数センチ潜り込んだところで、針は止まった。

「ここじゃな……」

典善は言った。

「どうだね、心臓が脈打つたびに、ちくりちくりと痛みがあるであろう」

「爺い、何をする気だ、この――」

「針の先が、心臓に触れておるのでな……」

典善は、立ちあがって、赤い舌でぞろりと唇を舐める。

「さて、また、爪と遊ばせてもらうよ」

典善が、竹のヘラを手にとった。

「やめてくれ、言う。聞いてくれ、何を言ったらいいんだ。頼む、何でも言う。だから、何をしゃべったらいいのか言ってくれ——」

落ちた。


龍王院弘は、車の中で、沢井に訊いた。

その時、沢井が答えたのは、東京の新宿にある、マンションの名前だった。

そこが、自分たちの事務所になっているのだと言った。

そして、菊地良二《きくちりようじ》と、織部深雪《おりべみゆき》という高校生ふたりを拉致したことも白状した。

しかし、そのふたりをどこへ連れ去ったかは、しゃべっていない。

沢井が持っていた携帯電話は、龍王院弘が手に入れて、すでに、久鬼玄造に渡している。

今は、その電源が切られている。

どこからか連絡が入り、受信音が鳴っても沢井が出ないと怪しまれるからだ。

すでに、沢井が、龍王院弘に声をかけられる直前まで話をしていた相手の携帯番号はわかっている。

しかし、名前が表示されていないため、わかるのは電話番号だけだ。

いざとなったら、その携帯が役にたつが、逆に、こちらが沢井を捕らえたことを相手に知られてしまうおそれもある。

だから、まだ、携帯は切ったままになっているのである。

龍王院弘から話を聞かされて、

「しばらく前に、我々も、そのふたりが何者かに拉致されたのを知ったばかりでな。気にしていたところだったのだ」

久鬼玄造は言った。

九十九三蔵がやってきて、そのことを玄造に告げていったのである。

この時、九十九三蔵は、円空山で真壁雲斎と久しぶりに会い、これまでのことを、雲斎から聞かされているところであった。

そして――

沢井は、しゃべり始めたのである。

「伊豆だ……」

沢井は言った。

「伊豆の貸別荘に、今、あのふたりはいる――」

そして、その場所を、沢井は告げた。

「どういたしますかな――」

典善が問えば、

「ゆこう」

玄造が言う。

「どこへ?」

「伊豆へ」

「何をしに?」

「ふたりを取りもどす。使えるカードが、もう一枚あれば、それに越したことはないからな……」

「警察への連絡は?」

「せぬよ。して、話がややこしくなって、知られたくないことまで知られるわけにはいかないからな――」

玄造が言うと、

「それがよろしいでしょうな」

典善がつぶやき、泥の煮えるような声をあげて、
くつくつ、
と、嗤った。

「おれも、行きますよ――」

龍王院弘が言うと、

「好きにせよ」

宇名月典善はそう言って、

「おもしろうなってきたわ」

嗤いながらつぶやいたのであった。

2

「喰ってみろ」

菊地良二は言った。

眼の前にいる、金髪の少年に――

年齢は、自分とあまりかわらないだろうと菊地は思った。

瞳は、濃い碧《あお》で、わずかに緑がかっている。

貌がきれいだ。

鼻筋も、整っていて、きどった外国の映画に出てきそうな奴だった。

自分とは、正反対のタイプだ――と菊地は思う。

脚が長い。

自分は、脚が短い。

ちびで、ずんぐりしていて、胴長で、顔は、眼が細くて陰険だとわかっている。自分の顔を鏡で見るのがいやだった。自分の顔を好きだと思ったことなど一度もない。

何年も前、出刃包丁を右手に握って、考えたことがある。

自分の家の台所だった。

瞼《まぶた》を切り取って、細い眼を大きくする。

邪魔な頰の骨と肉を削る。

どんなに痛くても、どんなに血が流れてもいい。

もっと、いい男になりたかった。

本気でそうしたかった。

痛いのは、いくらでも我慢できる。

やらなかったのは、台所に入ってきた母親に止められたからだ。

「何をしようとしているの⁉」

頰を叩かれた。

「馬鹿」

母親は、泣いていた。

どうして、自分の親は、父親にしろ母親にしろ、説教する時に泣くのか。

あれから何年もたったが、自分が醜男《ぶおとこ》であるということに、慣れたことはない。

敵だ。

この男は敵だ。
と、菊地は心の中で唸《うな》る。
久鬼麗一や、大鳳吼と同じだ。
自分とは別世界にいる人間だ。
「喰えるものなら喰ってみろ」
どうやって、このおれを喰うのか。
「おまえ、なんて、怖くない」
本当は、怖い。
どうやって、この自分を食べるというのか、それに興味はあるが、怖い。
しかし、恐怖は、押し殺すことができる。
もっと、怖いものを見たことがあるからだ。
化物になった久鬼だ。
あれは、怖かった。
しかし――
別の思いもあった。
怖いのと一緒に、久鬼のやつが、可哀そうになったのだ。
あの男が、こんな化物を自分の中に抱え込んでいたなんて――
それから比べれば、醜男であることなんて、どうでもいい。

脚が短いことなんて、ゴミのようなものだ。

だから、今、この男の前で、立っていられるのだ。

「おまえ、本当は、この、おれ、のこと、こわいん、じゃないの、か――」

菊地は言った。

「だから、こんな、鎖で、おれを、縛ってるんだ、ろう――」

グリフィンが考えたのは、ごくわずかな時間だった。

「この男を拘束している鎖を、はずしてやりなさい」

ふたりの男にそう言った。

異国の訛《なま》りはあるが、日本語として充分わかる発音であった。

黒いシャツを着ている男と、ジーンズを穿いている男――ふたりは顔を見あわせ、

「いいんですか」

黒いシャツの男が言った。

「かまいません」

グリフィンが言った。

ジーンズの男が近づいてきた。

ポケットから鍵を出して、菊地の前で身をかがめた。

菊地の左足首に嵌《は》められていた鉄のリングの穴に、その鍵を差し込んで、回した。

かちゃり、

という音がして、リングがはずれた。

ジーンズの男が、退がってゆく。

「出て、ゆけ、おまえ、たち……」

菊地は言った。

ふたりの男は、グリフィンを見た。

「出てゆきなさい……」

グリフィンが、囁くように言った。

ふたりの男は、うなずき、菊地を見やって、

「馬鹿だな、おまえ……」

黒いシャツの男が、同情するような眼つきで菊地を見た。

「おれは、馬鹿、だ」

菊地は言った。

決まってるじゃないか。

ちびで、不細工で、馬鹿、それがおれだ。

よくわかっている。

菊地は、そんなことを思っている。

ドアが開けられ、ふたりの男が外へ出た。

ドアが閉まる。

「ふたりきりに、なりました……」

グリフィンが言った。

「少しは、楽しませてくれるんでしょうね」

ふん——

菊地はグリフィンを睨む。

「楽し、むのは、おれの、方だ……」

おまえは、おれのことを馬鹿だと思っている。

その通りだ。

おれは、おまえの思っている通りの馬鹿だ。

しかし、おまえだって、馬鹿だろう。

おれが、何もできないと思っているだろう。

おれは、できる。

素手でも、色々できる。

おれに、色々仕込んでくれたのは、あの宇名月典善だからな。

おれを、本当に喰う気なら、それでもいい。

「おれも、おまえ、を、喰ってや、る……」

菊地は言った。

グリフィンは、ちょっとだけ、嗤ったようであった。

嚙みついてやる。
嚙みついて、腕でも顔でもいい。
そこの肉を嚙みちぎって、喰ってやる。
さっき、練りあげた気の車が、まだ余韻で回転している。
この回転の速度をあげる。
あがった。
ぶうん、
と、肉体の底で音がしたようであった。
なんだ、簡単じゃないか。
チャクラだろうが、何だろうが、どうだっていい。
思えば、回る。
どうやら、自分の肉体はそんな具合になっているらしい。
きゅん、
きゅん、
むうん、
むうん、
という、その音が、耳の奥に聴こえているようであった。
「来い、よ……」

菊地は、そう言った。

唇の端を持ちあげて、笑ってやったつもりだった。

それが、うまくいったかどうかは、もちろんわからない。

「じゃ……」

グリフィンが言った。

一歩、二歩、菊地に向かって近づいてくる。

来い──

と、菊地は思う。

もっと近くだ。

もう少し。

来た。

すぐ眼の前に、グリフィンの身体が入ってきた。

「しゃああっ！」

菊地は、吼えた。

左足を、下から上へ、そして前へ蹴り出しながら、左足の親指と人差し指で、床に落ちていた鎖のリングを掴み、おもいきり振った。

鎖がたるんでいた分、
ぎゃうっ、

と、鎖が前に飛んだ。

鎖の緩んでいた分が、菊地の左足の蹴りに合わせて、グリフィンの顔に向かって飛んだ。

じゃりん、
と、鎖どうしがぶつかりあって、音を立てた。

それを、予知していたかのように、グリフィンは身を反らせた。

鎖は、グリフィンの顔の前を通りすぎた。

その鎖が通り過ぎたすぐ後に、グリフィンの身体がもどって、いっきに距離を縮めてきた。

もちろん、菊地も、自分の一撃がグリフィンに当たるとは思っていない。

はずれた時を想定していた。

そして、予想した通り、グリフィンが前に出てきたのである。

菊地は、その一瞬、歓喜した。

まさに、考えていた通りのことを、グリフィンがやってきたからだ。

どうせ、鎖は当たらないと思っていたのだ。

グリフィンが、鎖を避ける。

問題は、どう避けるかだ。

それが、ねらった通りだった。

肉の回転数があがっている。

この状態ならば、間違いなく、拳を打ち込むことができる。

グリフィンの顔面に。

それさえできたら、後はどうなったっていい。

後のことは考えていなかった。

どうせ、グリフィンを殴ったところで、ここから逃げ出せるとは思っていない。

喰われるんでも、殺されるんでもいい。

グリフィンの顔面に拳を当てる。

おもいきり。

歯を、折ってやる。

たった一本でいい。

その後、あの端整な気どった顔が、笑うたびに、こいつはその欠けた歯を見せなければならない。

鏡を見るたびに、こいつはおれのことを思い出すだろう。

それで、充分だった。

それでいい。

当たった。

顔面だ。

それも、口のところだ。

拳が、潜り込む。

しかし――

「へひい⁉」

感触がおかしい。

顔面に、拳が潜り込み、歯の数本は折っているはずなのに、何かを打ったという感触がない。

右の拳に、痛みがはしる。

何だ⁉

顔をあげて、菊地は見た。

自分の右拳が、グリフィンの顔の中にめり込んでいるのを。いや、顔ではない。口の中だった。

グリフィンの口の中に、自分の拳が潜り込んでいるのである。

グリフィンの口が、信じられないくらい大きく、開かれていた。

その開かれた口の中に、自分の拳が入ってしまっているのである。

痛いのは、グリフィンの歯が、拳を噛んでいるからなのだ。

異様な光景であった。

まるで、蛇が、顎の関節を伸ばして、自分の胴より大きなものを呑み込もうとするかのように、グリフィンは、拳から菊地を呑み込もうとしているのであった。
「くわあっ！」
菊地は、拳を引いた。
右拳が、ずたずたになって、血まみれだった。
肉がはじけて、ぼろぼろだ。
薬指が、一本、第二関節から消えていた。
そこから先は、グリフィンの口の中だ。
ごつん、
ごりん、
グリフィンが、笑みを浮かべながら、口を動かしている。
グリフィンの歯が、菊地の指を、口の中で噛みきっているのである。
グリフィンが、楽しそうに笑っている。
喜悦の笑みが浮いている。
菊地は、
「へひい！」
叫びながら、跳んでいた。
後方へ。
ベッドの上に乗り、後ろへ向きなおりながら、もう一度跳んだ。

窓に向かって、頭から——

グリフィンは、追わなかった。

口の中のものを食べる——その悦びのため、一瞬の隙があったのか。

それとも、わざと逃がしたのか。

それは、わからない。

ともあれ、菊地は、外へ逃げた。

「狩りの始まり……」

グリフィンは、割れた窓を見ながら、嬉しそうにそう言った。

3

菊地は、走った。

塀のある方へは、足を向けなかった。

どうせ、塀は越えられないだろう。

それなら、逆の方へ。

庭を、走る。

建物を回り込む。

建物を回り込んだその瞬間、菊地の眼に飛び込んできたのは、美しい、青い海であった。

空と海が広がっている。

走る。

走る。

そこで、菊地は、足を止めていた。

そこが、崖になっていたからだ。

足元から切れ込んで、崖が海に向かって落ちてゆく。

眼の下に、白波が見える。

どうする。

かまうものか。

そのまま、海に身をおどらせようとしたその時、声をかけられた。

「どうした、飛び込まぬのかね……」

訛りがある。

振りかえると、黒い、異国の僧衣のごときものを身に纏った老人が立っていた。

白髪――

それが、まばらだ。

そして、鷲鼻《わしばな》――

いったい何歳であろうか。

百歳を超えているであろうか。

「誰だ……⁉」

菊地は、思わず問うていた。

「おう、我が名を問うか……」

老人は嬉しそうに微笑し、そして言った。

「アレクサンドル……」

しわがれた、古い、壊れた弦楽器のような声であった。

その名前、聴いたことがあった。

しばらく前――

久鬼玄造の屋敷でのことだ。

久鬼玄造が、昔の話をした。

シルクロードの話か、敦煌の話か――

能海寛《のうみゆたか》だったか、大谷探検隊だったか、そんな名前も出たはずだ。

『新疆探検記《しんきようたんけんき》』という本の名前も出たはずだ。橘瑞超《たちばなずいちよう》が書いた本だ。いや、『辺境覚書』だったか。

能海寛が書いた日記を本にしたのが『西域日記』だったはずだ。

それを、久鬼玄造が、梶井知次郎《かじいともじろう》と一緒に読んだという。

長い話だった。

馬垣勘九郎《まがきかんくろう》という名前も出てきたな。

そこで、彼らは、あれに遭遇《い》したのだ。

そして、ウルムチだったか、天山の近くの街で、彼らが出会ったのが、チベットへ向かったまま行方が知れなくなっていた能海寛だったはずだ。

その長い話の中に、出てきたのが、アレクサンドルだ。

思い出したぞ。

その時、グルジェフとかいうやつと一緒にいた少年、それが、アレクサンドルだ。

ここにいる老人が、そのアレクサンドルなのか。

そのアレクサンドルならば、その時、曹元深《そうげんしん》と中国名を名のっていた能海寛を殺したやつだ。

そのおり、狂仏《ニョンパ》となった能海寛が連れていた少年、真蓮《しんれん》は逃げた。

羊の皮に描かれた絵を持って――

外法曼陀羅図《げほうまんだらず》、そんな名前の絵だったのではないか。

それを、アレクサンドルが追った。

ああ――

思い出した。

このアレクサンドルが、おそらく、あの雪の夕刻に、馬垣勘九郎を殺したのだ。

逃げた真蓮を追って、夜の闇の中に走り出していった少年――それが、今、ここに、眼の前にいる老人なのだ。

ほんの短い時間の中に、それだけのことが、菊地の脳内を疾《はし》り抜けていた。

老人――アレクサンドルは、立って、菊地を見つめていた。

その背後に、欅の木がある。

大樹だ。

根元に、木製のベンチがあり、そのベンチに背を向けて、アレクサンドルは菊地を見ているのである。

どうやら、アレクサンドルは、そのベンチに座って、海を眺めていたらしい。

その横を、菊地が走り抜けたのだ。

欅の向こう側が、走ってきた菊地にとっては死角となり、アレクサンドルの姿が見えなかったのだ。

アレクサンドルが着ているのは、イギリスか、フランスか、どこのものかそれはわからないが、黒い僧衣のようなものだ。

しかし、菊地には、それが本当に僧衣かどうかはわからない。中世と言っていいのか、あるいは、もっと昔か。テレビや映画や、物語の挿絵などで、ヨーロッパの古い時代の僧が描かれる時、彼らが着ているようなもの。

それが、何と呼ばれる衣裳なのか、もちろん菊地にはわからない。

キリスト教の牧師か、神父か、ドルイド僧だかなんだかなんて、知るものか。

どっちだっていい。

菊地はそう思った。

「アレク、サンドル……」

菊地は、その名をつぶやいた。

「ほう。我が名を、どこかで耳にしたことがあるという顔だなあ」

アレクサンドルがつぶやいた時、その背後から、ひとりの男が姿を現わした。

その顔を見た時、右手の薬指に、ずきり、と、痛みが生まれた。

グリフィンだった。

ちょっと前、グリフィンが、おれの薬指を噛み切って、喰ったのだ。

もう、グリフィンの口は動いていない。

口の中にあった指を、呑み込んでしまったのであろう。

右手、薬指の切断面からは、まだ血が流れ出ている。

アレクサンドルは、自分の後ろに誰が立ったのか、振りむかずに理解したらしい。

「遊んでる途中だったか——」

アレクサンドルが、菊地を見やったまま、つぶやく。

「彼は、ぼくの、今日の食材です……」

グリフィンが言った。

その背後に、ふたり、三人と、人が集まってくる。

その中に、黒いシャツの男も、ジーンズの男もいた。
「次は、どこを喰いましょう」
グリフィンが、嗤った。
「おまえ、おかし、い……」
菊地は、つぶやいた。
「何がです？」
グリフィンが問う。
けっ、
うるせえぞ。
答える必要はない。
久鬼が変じたあれは、人を喰うだろう。
大鳳が変じたものだって、人を喰うだろう。
敦煌に現われたやつだって、人や、生の肉を喰うだろう。
それは、しかたがない。
あれは、人間ではない。
人間でないものに人間がなってしまったら、その時、人間は人間を喰うだろう。
こいつ、グリフィンがおかしいのは、人の姿のまま、人の顔のまま、喰うことだ。
そこがおかしい。

狂ってる。

だが、それを、いちいち、こいつに説明するか。

しない。

してやる必要もない。

しかし、不思議に、恐怖はなかった。

いや、恐怖はある。

喰われるのは怖い。

だが、それで、自分を見失うほどではない。

逆に、急に、こいつが哀れになってきた。

こいつだって、久鬼や大鳳と同じように、なりたくて、こうなったんじゃないだろう。こう生まれついただけのことじゃないのか。生まれついて、それに、心や感情が適応していっただけのことなのだろう。

生まれついたということでは、おれと同じだ、と菊地は思う。

おれだって、こんな顔に、こんな体型に、こんな性格に生まれつきたかったわけではない。

しかも、おれは、この自分に、自分がまだ適応できていない。

「可哀そう、にな……」

菊地は、つぶやいた。

グリフィンは、ちょっと、首を傾《かし》げた。

「何のことです？」

「あんたの、こと、だよ」

「ぼく？」

「あん、たと、おれの、こと、だ……」

言った途端、涙がこぼれた。

あれ!?

なんだ、これは。

涙か。

涙が頬を伝っているのか。

どうして、泣くのか。

「おれは……」

菊地は言った。

言葉がつまった。

その後、何を言うか、考えていなかったのだ。

「おれは……」

もう一度言った。

「おれは、おまえ、なんて、怖くない……」

涙は、ぬぐわなかった。
「おれに、怖い、もの、なんて、ない……」
何を言っているのか、菊地本人にもわかっていない。
どうして、こんなことを、おれは言っているのだろう。
「おれは、独りでも、平気だ、から、な……」
無理に笑ってやった。
そうとう、おかしな顔になったろう。
でも、平気だ。
おれに、怖いものなど、ない。
それを証明してやる。
「見てろ」
菊地は、背後を振り向いた。
広い、青い海が見えた。
青い空。
白い雲。
風。
いくぞ。
三歩走った。

飛んだ。
海と空の境目に向かって。
いい気持ちだ。
自由だ。
その時、眼の前の風景が、ふいに、歪んだ。
正面から、何かがぶつかってきた。
風圧のようなものだ。
しかし、風ではない。
強い力だ。
それが、菊地の全身を正面から打った。
それは、アレクサンドルが放ってきた、曲がる発勁《はっけい》——鬼勁《きけい》であった。
気だ。

4

すでに、夕刻になっている。
円空山の囲炉裏の前に座して、真壁雲斎は、長い物語を続けている。
灯りは、点けていない。

囲炉裏で燃える薪の炎だけが、灯りであった。

その炎の色が、雲斎の顔に、てらてらと動いている。

囲炉裏を挟んで、雲斎と向かいあっているのは、九十九三蔵であった。

ひと晩中、行方の知れなくなった織部深雪を探して、小田原中を歩きまわり、そして、昼に円空山にもどってきた。

そして、そこで、九十九は長いあいだ円空山を留守にしていた雲斎と遭遇したのである。

雲斎は、大鳳吼と一緒に、これまでずっと亜室健之たちと共にいたのだという。

大鳳の容態が、ソーマの力により、だんだんとよくなってきて、もう大丈夫であろうと確信して、もどってきたのだと雲斎は九十九に告げた。

全て忘れるのだと、雲斎は九十九に言った。

大鳳のことは、皆、亜室健之たちにまかせて、自分は自分の道をゆけと——

そこで、九十九は、織部深雪の失踪について、雲斎に告げたのである。

雲斎は、驚き、しばらく沈思《ちんし》した。

そして、覚悟を決めた。

亜室健之から、色々聞かされた話がある。

それは、自分の腹に収めておくつもりであった。それを、九十九に語っておくべきであろうと考えたのである。

九十九は九十九で、秋に、信州でキマイラ化した久鬼を見ている。

この一件には、すでに深入りしているのだ。

自分の耳にしたことを九十九に語っておく方が、九十九がこの一件から手を引いて、普通の学生生活を送る覚悟をするのに、よいであろうとの判断もあった。

雲斎は語った。

四年前、天山の山中で、アリムハンという羊飼いが発見した、遺跡のことを。

そして、老子と赤須子《せきしゅし》のことを。

赤須子が、変形し、化物となって村人を襲った話を。

そして——

マータヴァという外道《げどう》のことを。

仏陀となる前のシッダールタと、赤須子が、マータヴァという外道の師のもとへ通い、そこでどのようなことがあったのかを。

いずれも、亜室健之——雪蓮《せつれん》の一族に伝えられる話であった。

雪蓮の一族というのは、キマイラ化する血筋の者たちを、神として崇めている一族である。

長い、長い、物語であった。

九十九は九十九で、雲斎がいない間に、久鬼玄造からも長い物語を聞かされている。

大谷探検隊と馬垣勘九郎が、西域でどのようなことに遭遇したのかを。

それを、九十九は、雲斎の話のあいまに、雲斎に語っている。

馬垣勘九郎のところへは、若き日の雲斎も出入りをしていた。

中国に、玄道——つまり、仙道の修行に出かける前、雲斎は、大陸のことに詳しい馬垣勘九郎のところへ相談に行っていたのである。

話が、深くなってゆくにつれて、雲斎は、酒も飲まなくなった。

ずっと、語り続けた。

気の遠くなるような、長い、幾つもの物語を——

そして、雲斎は、グルジェフのことを語りはじめたのであった。

〝そのグルジェフと、神智学教会の一部の人間たちが、くっついたのですよ——〟

雲斎に、そう言ったのは、亜室健之であった。

雲斎は、まさに、亜室健之が雲斎に言ったその言葉を九十九に告げ、そこで言葉を切った。

さすがに、しゃべり疲れたのだ。

そこで、囲炉裏の縁に、飲まれないまま置かれていた、酒の入った湯呑み茶碗を手に取った。

酒で、渇いた喉を湿らせようとしたのである。

湯呑みの中の酒を、雲斎は、うまそうに一杯飲み、湯呑みを囲炉裏の縁にもどした。

あらためて、雲斎が口を開こうとしたその時、雲斎が胸のポケットに入れていた携帯電話が鳴ったのである。

九十九の前で、雲斎は、携帯電話に出た。

相手の言うことを耳にしているうちに、雲斎の顔色がかわった。

十分近く話をして、雲斎はようやく電話を切った。

雲斎は、畳んだ携帯を手にしたまま、虚空を睨んだ。

その眸《め》に、炎の色が映っている。

「どうしました？」

九十九が言う。

雲斎は、低く、小さく唸っただけであった。

「誰からだったのです？」

さすがに気になって、九十九は問うた。

「亜室さんからだ……」

雲斎は、九十九を見た。

「どういう電話だったのですか……」

「ルシフェル教団と、コンタクトしたらしい……」

「どういうコンタクトを？」

「九十九よ、さっき、深雪ちゃんの行方がわからぬと言うていたな」

「はい」

「ルシフェル教団が、どうやら深雪ちゃんを拉致したらしい」

「何ですって？」

「それで、ルシフェル教団は、ある要求をしてきたらしい……」

「どのような？」

「深雪ちゃんを解放するかわりに、大鳳の身柄を自分たちに渡してほしいと……」

「そんな……」

九十九は、その後に、言葉を継ぐことができなかった。

何という手を使うのか。

誰かを人質にして、その身柄と交換に誰かの身柄を要求する——

それが、大鳳であるなら、雪蓮の一族——亜室健之は、絶対にその要求を呑むことはないであろう。

しかし、大鳳がそのことを知ったら——

必ず、大鳳はその申し出を受けるであろう。

それは、九十九にはよくわかっていた。

大鳳は、必ずそうする。

「大鳳は、そのことを知っているのですか？」

「ああ……」

苦しそうな顔で、雲斎はうなずいた。

「どうして——」

「隣の部屋に、大鳳がいたらしい。亜室さんは、大鳳が自分の部屋にいるものだとばかり思っていたというのだが、隣の部屋がキッチンで、たまたま大鳳が、コーヒーを飲むために、そこにいたというのだ……」

「それじゃあ——」

「何の話か、大鳳には、わかってしまったのだ……」

電話であれ、対面したものであれ、会話は、一方の声だけでも聴こえれば、何の話かは見当がつく。特に、その話が、自分の身近な話題であれば、なおさらだ。

現に、今も、雲斎は、九十九に対して気がねするように、言葉を選んで亜室健之と話をしていたのだが、大鳳と深雪に関係のある話であろうと、九十九にはわかったからだ。

「何の話だと、キッチンからやってきた大鳳に問われ、隠しきれずに、亜室さんはみんな大鳳に話したそうだ……」

大鳳は、九十九の想像した通りに、

〝自分を、相手の要求通りに、深雪ちゃんと交換して下さい〟

と、亜室健之に訴えたという。

けれど、だからといって、亜室健之もうなずけるものではない。

「警察へは？」

九十九は雲斎に訊ねた。

雲斎は、静かに首を左右に振った。

「警察にこのことを告げたら、深雪ちゃんの命の保証はしないと言われたそうだ」

「でも……」

九十九は言った。

身体が、熱い。

肉がもどかしい。

どうしたらいいのか。

「口止めされなくても、亜室さんは、警察には言わぬであろうな」

それは、わかる。

警察にこのことで助けを求めたら、これまで隠してきたことの多くが明るみに出る。

そうならずにすむ保証はない。

大鳳のことも、久鬼のことも、キマイラ化のことも、この数千年の歴史までもが、白日のもとにさらされることになる。

キマイラ化する肉体——

その遺伝子。

世間が放っておくはずがない。

マスコミが騒ぐ。

日本も、中国も、アメリカも、このことを知った全ての国が、キマイラ化の秘密を知りたがるであろう。

単に、学術的な問題ではない。

これをうまくコントロールすることができたら——その技術を自分の国が独占することができたら。

その国は、世界最強の兵士軍団を持つことになる。

もう、誰か個人がどうこうできる問題ではなくなる。

ましてや、この自分が、何かをどうできるというものではない。ことによったら、全てのことが、闇から闇に葬られることになるかもしれない。

亜室健之は、このことを、警察には言わない——

それは、九十九にも確信できた。

ルシフェル教団も、それは充分に承知してのことであろう。

しかし——

自分はどうなのだ。

雲斎は？

深雪の家族は⁉

少なくとも、深雪の両親は、キマイラ化のことや、雪蓮の一族のことや、ルシフェル教団のことなど知ってはいない——知っていたとしても、そんなことよりは、自分たちの娘の身の安全が第一だ。

少なくとも、自分の娘の行方がわからないことは、すでに深雪の両親は警察に届け出ている。

だが、警察も、すぐに本格的には動くまい。

誘拐されたという証拠がない。

身代金を犯人から要求されているわけでもない。

ただ、ひとりの女子高生が、ひと晩家に帰らなかっただけだ。

友人のところへ行っているだけかもしれないし、家出をしただけなのかもしれない。

警察が本気になるのは、もう、二日か三日過ぎてからであろう。

やるにしても、深雪の写真を、何枚か管轄の部署へ配るくらいであろう。

しばらくは様子を見ることになる。

それは、九十九にもわかる。

どうする？

深雪の両親に、このことを知らせるか。

知らせるべきであろう。

しかし――

知らせてどうなるか。

そのことによって、深雪の両親はどうするであろうか。

深雪の身が、命の危険にさらされるのを承知で警察にゆくであろうか。

いや、自分の責任は、ただ両親に今の状況を知らせることのみであり、その後どうするか、どうしたらよいかは、もう自分の考えるべきことではないであろう。

深雪のことを、思う。

どうしているのか。

今、無事でいるのか。

何もわからない。

「時間は、多少ある」

雲斎は言った。

「多少?」

「相手が、交換の日取りとして言ってきたのは、三日後だ——」

「三日後、ですか」

「そうだ」

「場所は!?」

「伊豆だ」

雲斎は言った。

伊豆のどこですか?

九十九はそう問おうとしたのだが、その問いを遮るように、

「だが、ひとつ、困ったことが起こった」

雲斎は言った。

「困ったこと？」

「大鳳の姿が、しばらく前に消えたそうだ」

雲斎は、苦いものを嚙んだような顔で、そう言った。

六章　大鳳吼

1

大鳳は、走っている。

山の中だ。

道でない場所だ。

道路をゆくのでは、すぐに、居場所を知られてしまうかもしれない。

スニーカーが、岩と木の根を交互に踏んでゆく。

視界は、問題ない。

昼間ほどではないが、わずかな月明りがあれば、山の中を歩くにも走るにも不自由はしない。

ジーンズを穿いている。

Tシャツの上に、軽く上着を着ている。

山の中だが、寒さは感じていない。

顔には、マスクをしている。

もう、ほとんど、顔はもとにもどっている。

鏡を見ても、わずかに耳が尖っていて、わずかに両眼の端が吊りあがっていて、わずかに唇の両端が吊りあがっていて、そして、わずかに犬歯が長いくらいだ。

全体として顔を眺めれば、多少の違和感はあるかもしれないが、それくらいのことだ。

しかし、念のため、大きなマスクをしている。いつ、どこで、誰に会うかわからないからだ。

気にかかっているのは、深雪のことであった。

ルシフェル教団に拉致されたという。

彼らが、深雪と自分との交換を要求してきたのだ。

できれば、久鬼麗一と自分のふたり——しかし、それは無理であろうから、大鳳吼ひとりでいいと。

もとより、久鬼は、今、とても人前に出せるような姿をしていない。

まだ、完全に姿がもとにもどっていないのだ。

ツォギェルと巫炎《ふえん》につきそわれて、やってきた久鬼は、自分と会話のできる状態ではなかった。

その肉体は、まさに異形のものであった。

かろうじて、その姿形は人のようだとはわかるものの、この地球上に生じたどのような生物とも似ていなかった。

青黒い、腕のようなものは、十本以上はあった。それも、肩から生えているわけではなかった。密教の尊神の中には、腕が四本、八本、十二本あるものもいる。しかし、それはいずれも、肩や背から生えているもので、バランスが存在する。腕の機能も、人と同じで、肘関節、手首の関節、指の関節、どこでどのように曲がるかがわかる。

しかし、久鬼のそれはわからない。でたらめであった。生えている場所は、全身であった。生える方向も定まっていなければ、大きさも長さも違った。関節の数も違う。獣毛が生えている腕も、鱗《うろこ》の生えている腕もあった。

地についている足は、三本。

体重を支えていない足が二本。

鳥の翼と、蝙蝠《コウモリ》の翼が生え、牙の生えた顎《あぎと》が、幾つもあった。

尾があり——

鰭《ひれ》があり——

百足《ムカデ》のようなものが生えている箇所もあった。

これが、久鬼か——

久鬼であった。

身体の一部、獣毛の中に、人の顔があり、斜め上を睨んでいた。

口に牙が生えていたが、その顔に、あの久鬼の面影があった。

久鬼は、吼えていた。

叫んでいた。

猛っていた。

何か言っているようだが、人の言語には聴こえなかった。

久鬼は、以前、大鳳の眼の前で、キマイラを自分の身体に出現させてみせ、それを消したりした。

自分は今、これを自分の支配下においている——

そういうことを言っていたのではなかったか。

あれは、何であったのか。

久鬼の肉体の中に棲んでいるものは、自分の肉体の中にも棲んでいる。久鬼のあの姿は、近い未来の自分の姿でもあるのか。

自分も、いつか、あのような姿になってしまうのか。

久鬼と、その時、眼が合った。

一瞬、久鬼の視線が、自分の上に止まった。

ほんの一瞬だ。

その時、わずかに、理性の灯がその眼に点ったようにも見えたが、あれは何だったのだろう。

その光景を、真壁雲斎もまた、並んで一緒に見ていた。

ことによったら、久鬼は、あの時、自分ではなく雲斎を見ていたのかもしれない。

ああ——

真壁雲斎。

雲斎が、ずっと近くにいてくれてよかった。

雲斎がいなかったら、ここまで顔はもとにはもどらなかったろう。

久鬼の場合は——

「急ぎすぎた」

と、亜室健之は言っていた。

通常の場合は、体内の獣を意志の力でコントロールできるのだが、強い感情に支配されたりすると、そのコントロールが利かなくなるのだと。

だから——

「きみの場合は、ゆっくり確実にやろう——」

と、亜室健之は言ってくれた。

久鬼のその姿を見た時——

「日本を出る」

その決心がついたのだ。

彼ら——亜室健之たちと一緒に。

「それがよかろうな……」

と、雲斎も言ってくれた。

あの、好漢、九十九三蔵をこれに巻き込むわけにはいかない。

「九十九には、このわしから上手《うま》く伝えておこう……」

雲斎はそうも言った。

心残りなのは、北海道にいる、自分を育ててくれた、父と母だ。

そして、自分の本当の母——久鬼玄造の妹、智恵子《ちえこ》。

本当の父、巫炎。

久鬼麗一が、実の兄であるということも、亜室健之と由魅から教えてもらったことだ。

しかし、今は、そういうことを考えている時ではない。

深雪をどうするかということを、一番に考えねばならない。

「だめだ。きみと、その女性とを交換することはできない——」

亜室健之は、きっぱりとそう言った。

「なにか、他の手を考えよう」

嘘だ——と、大鳳は思った。

亜室健之は、他の手を考えるふりをして、なにもしないだろう。

雲斎が、ここにいてくれたら——

大鳳は、そうも思った。

亜室健之たちと、話し合いをしている時間はない。

自分でやるしかない。

そう考えて、出てきたのだ。

自分が、どこにいるのか、場所の見当はついていた。

八王子から、車でしばらく走った山の中だ。

そこにある、別荘のような場所だ。

この場所へは、日隠しをされて連れてこられた。

そして、長期間、自分はあそこに雲斎とともにいたのだ。

雲斎が、自分と一緒に残ったのは、亜室健之が引き止めたからだ。

その理由は幾つかある。

雲斎が小田原へもどって、大鳳のことをどうやって、九十九たちや、他の者たちに説明すればいいのか。

場合によっては、ルシフェル教団の者や、久鬼玄造たちに、別荘の情報が洩れるきっかけになりかねない。雲斎自身が拉致されて、白状するよう迫られる可能性もあった。

亜室健之は、それを、雲斎に説明した。

さらに——

「大鳳のためにも、あなたにここにいてほしいのです」

とも言った。

それを、雲斎は受けたのだ。

そして、雲斎は、自らの意志で、残った。

雲斎は、求道者である。

六十歳を超えているのに、学究の徒だ。

玄道の、新しい知識を、亜室健之たちから吸収したいし、また、亜室健之たちの知らない知識や技術を、雲斎は持っている。

呼吸法。

瞑想法。

それらを、亜室健之と雲斎は、嬉々として互いに相手から学んだ。

そして、ツォギェルもこれに加わった。

大鳳もまた、それに加わって、大鳳にとっては、楽しい日々でもあったのである。

中国語も、由魅から学んだ。

雪蓮の一族と、キマイラとの関係についても、別荘で学んだ。

久鬼もまた、もとの人の姿に戻りつつあった。

久鬼は、巫炎とともに消え、ツォギェルと合流し、亜室健之たちと再会したのである。

もう、日本を出る準備は、整いつつあったのだ。

それで、雲斎は、小田原にもどっていったのである。

そこへ、ルシフェル教団から連絡が入ったのだ。

電話や手紙で連絡があったわけではない。

インターネット上の様々な場所、あるいは主だった新聞の通信欄などに、次のような書き込みがあるのを、見つけたのである。

「雪の中に咲く蓮の花を見たことがある方がいたら教えて下さい」

これは、どう考えても、

〝雪蓮の一族の者よ、連絡をよこせ〟

と読み解くしかない。

その言葉の後に、数字が書き込んであった。でたらめな数字のようであったが、ある数字を引くと、携帯電話の番号としか思えない数字が出てきたのである。

ある数字、というのは、天山にある雪蓮峰の緯度であった。

中国の情報を得るために便利なサイトなど、多くの場所に、それがあったのである。

罠《わな》か!?

初めはそう思った。

連絡が入ったら、逆探知をするつもりなのか。

しかし、逆探知といっても、そんなことができるのは、とりあえずのところ、携帯電話に関しては、日本の国家かその携帯電話のシステムを管理している企業くらいであろう。

念のため、東京にいる仲間に、東京から連絡をさせた。

すると、電話に出た男が、

「おれたちは、八番目の使徒だよ」

そういう言い方をした。

「亜室健之に、直接ここへ電話をさせるんだ」

そう要求してきた。

それで、東京の仲間から、すぐにその旨の連絡が入り、亜室健之が、件《くだん》の番号へ電話を入れたのである。

そこで、相手は、織部深雪を拉致したことを告げて、深雪と大鳳との交換を要求してきたのである。

その会話を、大鳳は、隣の部屋で耳にしてしまったのだ。

亜室健之と大鳳は、そこで対立し、それで大鳳は別荘から脱け出すことになったのである。

監禁されていたわけではないので、ある程度、自由に外へ出ることはできたし、そういう時に、バス停の名前や電信柱に表示された住所などを眼にすることができたからである。

別荘には、地図もあったので、それで、自分の居場所については、おおよそわかっていたのである。

それから考えれば、今、自分がいる場所は、八王子に近い、明王峠の北側のどこかであるはずであった。

山の中を、南に向かって登っている。

登山道は、自分の右側、数百メートルのあたりであろう。

もう少し行ったら、標高七三八メートルの峠を抜けて、南へ下る。そうすれば、相模川を堰《せ》き止めて作った相模湖へ出る。

相模川を越えて、その南の山へ入れば、そこはもう丹沢山塊だ。

丹沢ならば、この夏に、しばらくこもって歩きまわったので、土地勘はある。

それまでに、どうすればいいかを決めればいい。

いずれにしろ、できることは、それほど多くない。

ルシフェル教団の連中に、自分から連絡をとって、自分からそちらへゆくから、織部深雪を自由にしろと言えばいいのだ。

自分が、彼らの虜となって、実験動物のような扱いを受けるのはたまらなかったが、織部深雪がそれで助かるのなら、それでいい。だが、問題なのは、自分が身を差し出したからといって、彼らが、織部深雪を本当に自由にする気があるかどうかだ。

ない、と考える方が、リアルであろう。

今度は、大鳳が逃げ出さぬよう、深雪を拉致したままにするのではないか。

もうひとつの方法は、彼らが深雪を閉じ込めている場所を見つけて、彼女を助け出すことだ。

それには、彼らが今どこにいるかを知る必要がある。

どうやったら、それが、わかるのか。

わかったとして、どうすれば、彼らの手から織部深雪を助け出すことができるのか。

自分ひとりでは、それはできぬであろう。

誰か、協力者が必要になる。

頭に浮かぶのは、九十九三蔵である。

そして、真壁雲斎――

ああ。

会いたい。

別れたばかりの、真壁雲斎に。

真壁雲斎なら、こういう時、よい智恵を出してくれるのではないか。

九十九三蔵には、ずっと会っていない。

もう、雲斎は、九十九と会ったろうか。

円空山の囲炉裏の前で、九十九や、深雪と一緒に、真壁雲斎と話をすることが、この先あるであろうか。

ない。

とか。

もう、あるわけはない。

あの日々は、もう、帰ることはないのだ。

考えてみれば、春から夏までの、あのほんの数カ月の日々が、どれほど楽しかったことか。

走りながら、その日々が甦って、胸が苦しくなる。

息ができなくなる。

深雪に会いたかった。

会って声を聞きたかった。

このまま、異国へ行ってしまえば、もう、深雪とも、九十九とも、雲斎とも、二度と会えなくなるのだ。そして、北海道にいる両親とも――

もう、あの日々にもどることはできないのか……

明王峠へ出ていた。

風が、強い。

十二月の風だ。

雪が混ざっていてもおかしくない。

しかし、寒さは感じていない。

そして――

そこで、大鳳は、あることを思いついていたのである。

2

渋谷の街は、ごったがえしていた。

もうすぐ夕方だ。

街のあちこちに灯りが点り始めている。

からころと、下駄を鳴らして、よっちゃんは歩いている。

下駄に、足袋。

足袋はぼろぼろで、左足の親指が見えている。

浴衣姿だ。

白地に、藍でひょっとこの顔が染められている。

三尺（帯）は黒の総絞《そうしぼ》りのちりめんである。どこから見つけてきたのか、誰もわからない。

「あれは、どっかから、これやっちゃったんじゃないの——」

リヤカーの仙さんなどは、右手の人差し指を立てて、その先を曲げ、そんなことを言っていたこともある。

その三尺を、身体の前の右側で、両輪奈《もろわな》結びにしている。

本人のよっちゃんは、それを〝ねこじゃらし結び〟と呼んでいる。

本当か嘘か、昔、鳶職《とびしょく》であったというのがよっちゃんの自慢だ。

鳶職の人間は浴衣を着る時、そういう結び方をするのだという。

自由人になると、昔のことをあまり語りたがらないのが普通で、かつての自分を思い出さないようにするものなのだが、よっちゃんは、あえて、三尺をそんな風に結ぶ。

よっちゃんは、つまらない。

よっちゃんは、淋しい。

それは、もう、冬だからだ。

盆踊りが大好きで、夏の間は、あちこちの盆踊りにでかけて踊っている。

さすがに、十二月は寒い。

それでも、よっちゃんは浴衣を着ている。浴衣を着ていると、夏がほんの少しだけ早くやってくるような気がしているからだ。

夏と違うのは、浴衣の下に、長袖のTシャツを着て、ジャージのズボンを穿いていることだ。

それでも寒い。

街には、クリスマスソングが流れている。

このところ、渋谷の街には、急に若者が増えた。

よっちゃんのような自由人は、肩身が狭い。

昔の仲間は、みんな、どこへ行ってしまったのだろう。

リヤカーの仙さんは、もういない。

ミサちゃんとできているんじゃないかって、みんなで噂をしていたのだが、その仙さんも亡くなってしまった。

しばらく、ミサちゃんは、仙さんのリヤカーを使っていたが、ある時、そのリヤカーを放置したまま、渋谷からいなくなった。

「ミサちゃん、酔っぱらってさ、リヤカーにしがみついて、大泣きしてたよなあ――」

そんな噂を耳にした後、ミサちゃんはいなくなった。

どこでどうしているのか、誰もわからない。

「あれで、歳のわりに綺麗だったからさ、誰かに見初められて、今は案外いい暮らしをしてるのかもよ」

そんなことを言うやつもいたが、優しい嘘だとよっちゃんは思っている。

誰もがみんな、やりきれない。

上野の、埴輪《はにわ》道灌《どうかん》のところにも顔を出したが、ミサちゃんの行方はわからない。

わからないと言えば、岩さんもそうだ。

詩人の、岩村賢治――

仲間の中では、一番若い。

気が弱くて、喧嘩が嫌いで、嘘が嫌い。

自分の身の上を嘘で隠す人間が多いが、岩さんは、ただ、それを口にしない。

酔っぱらって、みんなの前で、岩さんは、時々自分の詩を朗読する。
詩のよさなんて、よっちゃんにはわからないが、ただ、岩さんの声は好きだった。
時々、岩さんの詩で、よっちゃんは泣いたことがある。
なんだったかな。
つくしの詩だ。

いっぽんのつくしの
生命の単純さが
ぼくを生かす
いっぽんのつくしの
言葉の単純さが
ぼくを生かす
ぼくも
おなじ世界のつぶつぶのひとつだということは
なんという不思議な驚きだろう
なんという不思議な喜びだろう
いっぽんのつくしの
なんと愛しく

　なんと素朴な在り方であることか

そうだ。

そんな詩だったはずだ。

岩さんの姿も、この頃見ない。

岩さんはどうしているのだろう。

本当のことを言えば、自由人から、もとの世界へ、岩さんはもどれたのかもしれない。

もどることができたのなら、わざわざそんなことを報告しにやってきたりはしないから
な——

報告したから、どうってわけじゃない。

よかったねと、思う人間なんて、案外少ない。

うらやましがられるだけだ。

みんな、ダメなやつ同士だから、受け入れられるんだし、喧嘩もしたりする。いいところへもどることができたんなら、そのまんま、ある日、ふいにいなくなるってことでいいんじゃないか。

でも——

よっちゃんは、淋しい。

みんな、どこへ行ってしまったのか。

渋谷の街は、この頃、賑やかすぎる。

きらきらしすぎている。

若者が、多すぎる。

若いやつは、みんな敵だ。

行き場がない。

この秋で、よっちゃんはひとつ歳をとり、四十六歳になってしまった。

四十六歳――

まだ若いと言うやつもいるし、もう歳だと言うやつもいる。

よっちゃんは、どっちだかわからない。

髪はぼさぼさで、前歯が二本、ない。

その分、四、五歳は老けて見える。

肩から斜めに、古い、革のバッグを下げている。

妙に似合っていると、昔、ミサちゃんに言われたこともあったなあ。

でも、そのミサちゃんはもういない。

仙さんも――

岩さんも――

よっちゃんは、淋しい。

クリスマスの曲が、流れている。

よっちゃんは、淋しい。
よっちゃんは、独りぼっちだ。
よっちゃんは、泣きながら、人混みの中を歩いていた。
涙は、ふかなかった。
泣くのは、気持ちがいい。
見られたって、平気だ。
誰かに、ぶつかった。
「すみません」
よけて、通り過ぎようとすると、
「よっちゃん……」
声をかけられた。
なつかしい声だった。
眼の前に、よっちゃんの嫌いな若いやつが立っていた。
マスクをしていた。
「よっちゃん……」
その若いやつが言った。
知っている。
この声。

この眼。
その若いやつが、マスクを指でずらした。
知っている。
知っている。
若いやつでも、この若いやつだけは別だ。
よっちゃんは、この若いやつが好きだった。
「吼ちゃん……」
よっちゃんは、その若いやつの名前を呼んだ。
大鳳吼が、そこに立っていたのである。
「吼ちゃん……」
よっちゃんは、大鳳にしがみついた。
おいおいと、声をあげてよっちゃんは泣き出した。
見られたって、かまうもんか。
ひとりぼっちだ——そう思って、歩いていた。
そうじゃなかった。
今、大鳳吼が、眼の前にいる。
ほんの一時だったが、大鳳と仲よく自由人の暮らしをしたのだ。
岩さんがいて、リヤカーの仙さんがいて、ミサちゃんもいた。

みんないた。

こわい思いもしたが、よっちゃんは、大鳳のことが大好きだった。

「会えてよかった……」

大鳳はよっちゃんの耳に口を寄せ、

「助けて欲しいんだ……」

そう言った。

「どうしたの、吼ちゃん……」

よっちゃんが、せっぱつまった大鳳の顔に気がついたのは、そう訊ねてからだった。

「どうしたの、吼ちゃん」

また、同じことを訊ねた。

よっちゃんは、知っている。

大鳳が、こわいものになることを。

よっちゃんは、それを見ている。

大鳳の表情に気がついた時、よっちゃんが思い出したのは、その時のことだった。

新宿で、自分と岩さんが、土地のヤクザ風の男たちにいじめられていた時だ。

その時――

大鳳が、こわいものに変貌したのだ。

大鳳の中で、何かが満ち、きりきりとそれが張りつめてゆくのがわかった。

横にいても、こわいくらいだった。

自分は、そこで、逃げ出した。

逃げ出したけれど、本当は逃げなかった。

少し、ものかげから見ていたのだ。

そのことは、誰にも話してはいないが、大鳳の顔つきが変になって、あいつらを叩きのめした。

岩さんが、

「いけないよ、吼ちゃん」

そう言って止める声も聴こえた。

そのあと、本当に逃げたのだ。

思わず逃げたが、自分は、そのことをずっと後悔していたのだ。

あれは、ヤクザたちもこわかったが、大鳳もこわかったのだ。こわいと言っても、大鳳の分はちょっぴりだ。でも、こわかった。その、こわいと思った自分のことを、自分はまだ許していない。

自分は、弱いものだと思っている。岩さんもそうだ。

その、弱い自分たちが、こわいものから逃げる。それは当然のことだ。それが、自分たちが生きてゆく方法だ。

悪くなくても、謝る。

「すみません。すみません」

どんなに卑屈になってもいい。

「許して下さい」

そうやって、殴られたり、蹴られたりしているうちに、向こうもあきれて、暴力をやめる。

そうやってしのいできた。

それが、自分の生き方だった。

時に、こちらが卑屈になればなるほど、暴力をふるってくる者たちもいる。

新宿の時が、そうだった。

そういう時は、逃げるしかない。

だから、逃げたことは後悔していない。

でも、大鳳のことをこわいと思ったこと、逃げたいと思ったこと、それを後悔している。

大鳳に、あの時のことをきちんと謝りたい。

その大鳳が、今、眼の前にいる。

助けてほしいと言っている。

自分が、大鳳を助けてやることができるだろうかとも思う。

この、弱虫の自分が――

「何、どうすればいいの？」

「お……」

と、大鳳は言って、いったん口を閉じ、そして、言った。

「お金を、貸してほしいんだ」

「やだ」

よっちゃんは、言った。

反射的に言った。

言ってから、

「でも、いいよ」

よっちゃんは大鳳を見た。

吼ちゃんは、わかっている。

自分たちが、どんな暮らしをしているか。

どれだけお金がないか。

たった一時であったが、一緒に暮らしてきたのだ。

その大鳳が、お金を貸してほしいと言っているのである。

あの優しい大鳳の吼ちゃんが。

よっちゃんは、嬉しかった。

ほんとうは、誰かに頼られたかったのかもしれない。

助けられてばっかりだった、大鳳が、今、自分に助けを求めている。

自分たちが、どれだけお金がないのかを承知で、お金を貸してほしいと言っているのである。

金はない。

ないが、答えは決まっている。

「いいよ」

よっちゃんは、もう一度言った。

七章　九十九三蔵

1

石を見ている。

大きな石だ。

玄武岩——

それが、円空山の裏の石垣に、たてかけてある。

九十九三蔵は、その前に座して、石を眺めている。

石——というよりは、岩だ。

ごつい、どっしりとした自然石。

これを、素手で割ってみよと言ったのは、真壁雲斎である。

その横に、雲斎が、素手で割った自然石がふたつ、転がっている。もとはひとつであったものだ。それを雲斎が、九十九の眼の前で、ふたつに割ってみせたのだ。

力ではない。

それは、わかっている。

力だけなら、自分の方が、雲斎より勝っている。

その自分が、割ることができずに、雲斎は割ることができた。

力以外の、何が、この石に加えられたのか。

気か!?

気であるならば、雲斎ほどではないにしろ、自分も多少は操ることができる。

気は、普通に言う物理力ではない。

ただ、気を当てるだけでは、物体を壊したり、動かしたりすることはできない。それはわかっている。軽いもの、雪や、小さな紙片くらいは、動かせるが、石となれば話は別だ。

気が動かせるのは、生きたものだ。動物や、人ならば、気を当てて、その身体を動かすこともできるし、打撃を加えることもできる。

気を当てれば、髪の毛を動かしたり、柳の枝を動かしたりできる。それは、相手が生体、生き物であるからだ。

あるいは、気で、邪気を打ったり、飛ばしたりすることはできる。人の体内に入った禍々《まがまが》しいものたちを、押し出したり、捕らえたりもできる。

しかし、生命のないただの物体である石を、気で動かすことはできないし、ましてや、割ることなどは、どうすればそれができるのか、見当もつかない。

しかし、現実に、雲斎がそれをやってのけているのである。

この自分に、やれぬはずはない。

しかし、どうやったらこの大きな石を割ることができるのか。


雲斎は、今朝、出かけて行った。

東京で、亜室健之と会うためだ。

大鳳のことについて、相談するためである。

大鳳が、何のために、亜室健之たちのところから去ったのか、九十九はわかっている。

雲斎も、わかっている。

もちろん、亜室健之もわかっている。

深雪と自分との交換に、応じるためだ。

亜室健之たちが、ルシフェル教団の連中が申し出てきた、大鳳と深雪との交換に応じないのは、大鳳もすぐに理解したに違いない。応じるわけはない。

だから、去ったのだ。

誰にも言わなかったのは、言ったら止められるとわかっていたからだ。

もしも、そういう話をしたら、亜室健之たちに、軟禁されるかもしれない。

薬を盛られて、眠らされるかもしれない。

するであろう。

亜室健之たちは、大鳳を、ルシフェル教団に渡さぬためには、ありとあらゆることを
それがわかっているから、逃げたのだ。

自ら彼らの交換に応ずるために。

交換の場所は、わかっているはずだと、亜室健之は、雲斎に言っている。

相手の言ったことをメモしながら、亜室健之は、復唱している。それを、大鳳は耳にしたはずだと言うのである。

三日後の晩――

夜の十二時。

場所は、伊豆。

伊豆高原に近い所だ。

ちょうど、大室山の東五キロにある天城岳の山麓にある、天城岳高原カントリークラブの敷地内だ。

クラブのオーナーが、経営に行き詰まって売りに出したゴルフ場である。それは、ネットで調べたのでわかっている。

しかし、亜室健之は、それをさせまいとするであろう。

警察へ、連絡をするか？

しないであろう。

これまで、何度も考えたことだ。

亜室健之は、しない。

したところで、深雪が無事にもどってくる保証はない。かえって、深雪の身に危険が及ぶ可能性が高い。

交換場所に、警察が潜んでいることも、相手は考えた上で、場所を決めたはずだ。警察が、張り込んでいれば、事前にわかってしまうであろう。

亜室健之も、ルシフェル教団も、警察が動くのは困る。大鳳もまた、警察へ知らせたりはしないであろう。深雪の身に危険が及ぶのを避けるためだ。

このまま放っておけば、大鳳は、自分でその交換場所にゆくであろう。亜室健之も、それはわかっているから、それを阻止するため、そこへゆくことになる。充分な武装をして――

ルシフェル教団も、武器を用意しているであろう。そこで、大鳳をめぐって争いになる。

死者が出ることになる。

大鳳も、それは、わかっていよう。

もしも、自分が大鳳であったらどうするか？

答えは、ひとつだ。

交換の時までに、自分で深雪を助け出す――それ以外にない。

だが、それができるか。

できない。

何故なら、深雪がどこに捕らわれの身になっているか、わからないからだ。

それを知るためにはどうするか？

わからない。

わかるのは、大鳳は、それをやろうとするために、今、懸命になって動いているであろうということだ。

場合によっては、助け出すということなどはせずに、自らそのまま、ルシフェル教団に投降するかもしれない。

しかし、大鳳が投降したからといって、ルシフェル教団が、深雪を解放するであろうか。しない可能性が高い。

深雪は、多くのことを知ってしまったことであろう。

深雪を自由にすることは、ルシフェル教団にとって、自らの身を危うくすることだ。

まず、解放はしないであろう。

では、殺すか？

いいや。

と、九十九は、首を左右に振った。

殺さない。

殺してしまっては、大鳳が言うことを聞かなくなるからだ。

では、殺しておいて、深雪は無事に家にもどったと、大鳳に嘘をつくか。

それは、大鳳にばれる可能性がある。

ばれたら、大鳳は言うことを聞かぬであろう。

それを考えると、大鳳が投降した後も、ルシフェル教団は、深雪を自由にしないであろう。自分の手元に深雪をおいて、言うなれば深雪を人質にして、大鳳を自由に操るための道具にするであろう。

そこまで、九十九は考えた。

しかし、そこから先へ、思考が進まない。

そこまで考えたのに、さらに考えているうちに、その考えがまた変わったりする。

迷いながら、九十九は、座して石を睨んでいる。

石に、冬の陽が当たっている。

石は、無言である。

その無言の石に、九十九の心が映る。

心は、揺れ、動き、同じ場所を行ったり、もどったりしている。

思考が定まらない。

人の心は、どうしてこれほどに不安定なのか。

呼吸法も、幾つかは身につけている。

小周天と呼ばれる、瑜伽《ヨーガ》の技術をベースにした、仙道の呼吸法も、それなりにはできる。

天地の気を呼吸によって、体内に取り込み、それを、スシュムナー管《ナディ》と呼ばれる、解剖学的には存在しない管に沿って回し、チャクラを回転させ、頭頂からそれを天へ向かって放つ。

それで、心が澄む。

肉体が透明になる。

宇宙との一体感も得られる。

それが、できない。

深雪のことが、脳裏にあるからだ。

「おまえは、おれが守る」

そう言ったではないか。

荒久《あらく》の海で、深雪の身体を抱きしめ、おれはそう言った。

その深雪を守ったか。

守らなかった。

守れなかった。

嘘をついた。

自分に。

深雪に。
それが、苦しい。
石を見ていても、腕に、あの時の、深雪の肉の温度が伝わってくる。
狂おしい。
どうしていいか、わからない。
助けてくれ。
誰か、誰か、このおれを——
やることがない、どうしようもない、それが苦しい。
居ても立ってもいられないのに、何もできない。
その時——
「おい……」
声がした。
左からだ。
誰かが、小舎を回り込んで、こちらまでやってきたのだ。
それに、自分は気づかなかった。
何という、間抜けさかげんか。
顔を、声の方へ向ける。
そこに、龍王院弘が立っていた。

龍王院弘は、九十九を見ながら、楽しそうに笑みを浮かべていた。

2

「ぐあいでも悪いのですか――」

龍王院弘は、紅すぎるほどの唇の端を吊りあげて、微笑した。

久しぶりではない。

つい先日、顔を合わせたばかりだ。

「雲斎先生は、おいでにならないようですね――」

「酒を買いに出かけたんだよ」

「おやおや、それは残念ですね」

「何がだい?」

「おもしろいお知らせを用意してきたんですけどね」

距離は、充分にある。

まだ、間合ではない。

それは、龍王院弘も、充分に意識して立つ場所を決めているのであろう。

だからといって、座したままでいいことにはならない。

ゆっくりと、龍王院弘を刺激しないように立ちあがる。

「かわりに聞いておくよ」

「あなたが、お捜しの方のことなんですけれどね——」

「なに!?」

九十九が、前に出る。

その分だけ、きちんと、龍王院弘が退がる。

「今、久鬼玄造の屋敷にいるんですけどね、そこで、おもしろい話を耳にしました」

「おもしろい話？」

「織部深雪——その人のことを捜しているんでしょう？」

「知っているのか、あんた」

「知っているとは、言いません。しかし、いるかもしれない場所のことは、わかっています——」

「何だって？」

「顔色が変わりましたね」

「どこだ!?」

「まあ、まあ」

龍王院弘が、九十九を軽くあしらっているように見える。

「言え」

九十九が前に出る。

龍王院弘が退がる。

「伊豆です」

「伊豆のどこだ⁉」

龍王院弘は、答えずに、にんまりと笑った。

「言え！」

「知りたいですか」

龍王院弘は、九十九をもてあそんで楽しんでいるようである。

「言わせる」

九十九の肉の中に、むりっ、と何かが膨れあがった。

熱球のようなものが、九十九の巨体を包んだ。

「いいですねえ」

龍王院弘は、嬉しそうに眼を細めた。

龍王院弘が、九十九を睨む。

ぱん……

と、気が頬を打った。

九十九を正気づかせるために、軽く平手で触れてきた——そんな感じの圧力であった。

九十九の温度が、わずかに下がる。

「でも、今日は、遊んではいられません。教えますよ」

「言え」

「伊豆です」

「それで？」

「伊豆高原駅の南――溶岩台地の南側に、森があります。その森の中に、屋根が赤瓦でできた洋館があります。入口に、大きな欅が生えてますから、すぐにわかります。敷地の南側は、崖になって、そのまま海に落ち込んでいます。崖に、道はありませんよ……」

龍王院弘は、そろりそろりと退がりながら、そう九十九に告げた。

足を止め、

「伝えましたよ」

笑った。

背を向けようとした龍王院弘に、
九十九は、声をかけた。

「待て――」

「何です？」

「どうして、おれに、そんなことを教えるのだ」

「知りたかったんでしょう」

「――」

「それで、久鬼玄造の屋敷まで訪ねてきたんではありませんか――」

その通りだった。

だが、何故？

「どうして、そんなことを知ってるんだ？」

「宇名月典善、あのひとは、人にものを訊ねるのが上手ですから……」

「なに？」

「じゃあ、失礼しますよ」

龍王院弘は、数歩、さらに退がって背を向け、走り、母屋の向こうに姿を消した。

九十九は、追わなかった。

3

九十九は、石の前に座している。

心は、千々に乱れている。

どうする。

どうしたらいい。

すぐに、雲斎に今のことを知らせた方がいいのか。

知らせるべきだと考えている自分がいる。

待て、と、それを止める自分もいる。
さっき、龍王院弘の言ったことが、本当のことなのかどうか。
本当のことであろうと思う。
本当のことであるからこそ、それを告げに来たのだ。
だが、何のために？
どうして、久鬼玄造はそのことを知ったのか。
宇名月典善は、人にものを訊ねるのが上手ですからと、龍王院弘は言った。
想像はつく。
宇名月典善が、その情報を知っている奴に訊ねたのだ。そいつは、言うのを拒んだ。
それを無理に訊ね、吐かせた。
どうやったのか。
想像はつく。
具体的にどうしたかはわからない。
ただ、その現場に立ちあいたいとは思わないようなやり方をしたのであろう。
それで、吐かせた。
それを、龍王院弘は、知らせに来たのであろう。
だが、何のために？
結局、考えは、そこにたどりつく。

考えろ。

自分に、そこまで深雪を助けにゆけと言っているのか。

警察に知らせよと言っているのか。

何故、久鬼玄造は、自分で警察に言わないのか。

言わぬであろう。

玄造には、隠しておきたいことが、多すぎる。

では、何故、自分に知らせたのか。

自分なら、あるいは雲斎ならば、警察にこれを話したりしないと思っているのであろうか。

確かに、大鳳のことは、守りたい。

騒ぎを大きくしたくない。

そう思って、これまでやってきた。

しかし、深雪の生命がかかっているとなれば、話は別だ。

そこだ。

もしも、警察に、このことを言うことで、深雪の生命が守れるならば、深雪が戻ってくるのなら、自分は間違いなくそうするであろう。

しかし、そうなのか。

それは、自分の判断にある。

警察に知らせ、あとは警察にまかせればいい。

しかし、警察がすぐに動くか。

自分には証拠がない。

状況が家出かどうか、はっきりしない以上、警察は、九十九の話の裏をとろうとするであろう。

久鬼玄造にも問い合わせるであろう。

それで、

「知らぬ」

と、玄造が言えば、それでおしまいだ。

玄造の意図は何か。

九十九は、歯を軋《きし》らせながら、そのことを考えていた。

雲斎に連絡をとり、相談にのってもらうか。

それがいいとはわかっている。

しかし、今、雲斎の隣には、亜室健之がいるはずであった。深雪がいると思われる場所を雲斎に言えば、自然にそれが、亜室健之に届くことになる。

亜室健之は、どうするであろうか。

その場所まで、深雪を助けにゆくであろうか。

いかないであろう。

深雪を返せと言って、返してよこす連中ではない。やるとしても、自然に非合法的な行為による救出ということになるであろう。

闘いになる。

闘いになれば、騒ぎが大きくなろう。騒ぎが大きくなれば、警察が介入してくることになる。警察が介入してくれば、結局、国家が介入してくることになる。

人が変貌し、人以上の能力を発揮する――この秘密を解きあかせば、どうなるか。遺伝子操作などの技術によって、その力を自由にコントロールできるようになれば、人を兵器にしたてあげることもできる。

〝遥かな螺旋の夢よ〟

久鬼玄造は、そう言ったことがある。

久鬼玄造は、不死に興味を持っている。

もし、キマイラ化の秘密を解きあかすことが、不老不死へと繋がってゆくのなら、世界中がこれを求めることになるであろう。金に糸目をつけない。

そこまでは、九十九も想像ができる。

いったい、何が久鬼玄造をそこまで駆り立てるのか。

久鬼麗一と大鳳吼は兄弟で、久鬼玄造の妹の子供だ。

血の繋がった人間に対して、どうしてあそこまでのことができるのか。

そこまで考えた時、九十九はひとつの考えに思い至った。

もしかしたら、久鬼玄造は、亜室健之たちと、ルシフェル教団の連中とを、あえて争わせようとしているのかもしれない。二者を争わせて、その隙に、何かをやろうとしているのかもしれない。

亜室健之たちとルシフェル教団が争えば、いずれかに隙ができる。その隙に乗じて、大鳳か、久鬼か、あるいは巫炎を手に入れようとしてくるのであろう。

そうならば、納得がいく。

いや、そうに違いない。

その時、九十九は、音を耳にした。

電話の呼び出し音であった。

円空山の母屋の方で、電話が鳴っているのである。

九十九は、立ちあがり、母屋に入った。

確かに電話が鳴っていた。

受話器を手に取った。

「はい」

と、九十九は言った。

円空山です、とも、真壁ですとも答えず、ただ「はい」とだけ口にした。

沈黙があった。

間違い電話ならば、すぐに切れる。

いたずら電話か。
違う。
その沈黙には、気配があった。
切羽詰まった気配。
痛いような、切れるような哀しみの気配。
相手が誰であるか、九十九にはわかった。
そうなのだ。
ここしかないではないか。
電話をしてくるのは、ここしかない。
他には、あり得ない。
目頭が、熱くなった。
「大鳳!!」
九十九は言った。
「九十九さん……」
その声は言った。
なつかしい声だった。
忘れられない声だ。
「大鳳、どこだ。どこにいる?」

その問いに、大鳳は、答えなかった。

「雲斎先生は？」

「亜室さんのところだ」

九十九は言った。

隠す必要のないことだ。

「深雪ちゃんが……」

「わかってる。みんな聞いた」

九十九は、そのことを告げた。

「助けて下さい」

大鳳が言う。

「何でもやる」

あたりまえだ。

あたりまえではないか。

おれたちは、そういう仲だ。

「ぼくは、どうなってもいいんです。ただ深雪ちゃんだけは——」

大鳳が、九十九に語ったのは、次のようなことであった。

4

大鳳が逃げたのは、亜室健之たちに、軟禁されるのを恐れてのことであった。

それを、やりかねないと大鳳は判断したのである。

大鳳には、いくら亜室健之たちが自分を守ると言っても、それは、自分、つまり大鳳だけであることはわかっている。深雪までは含まれていない。少なくとも、大鳳と深雪を交換することまでは考えていない。

ならば、自分を守るため、自分が勝手なまねをしないように、どこかに閉じ込めたり、薬で眠らせたりしてくるかもしれないと大鳳は考えたのだ。

そういう意味では、ルシフェル教団と同じだ。

だから、逃げたのである。

しかし、金を持たずに脱出した。

亜室健之たちと一緒に過ごした日々は、金を使う必要がなかった。だから、現金を所持していなかったのである。

現金を持たせてくれないかと言えば、その理由を問われるであろう。

何故、金が必要なのか。

何に使うのか。

勘のいい亜室健之ならば、自分が逃げようとしていることに気づくかもしれない。

だから、何も持たずそのまま逃げた。

しかし、大鳳には、現金が必要であった。

伊豆までゆく必要があるし、できれば、見つかりにくいように、身につけているものも変える必要もある。

円空山の雲斎に連絡するにしても、金がなければ、公衆電話も使えない。

食事代もない。

それで、自由人の仲間のことを思い出したのだ。

岩さんか、よっちゃん。

彼らが、金を持っていないのは承知しているが、彼らにすがるしかない。

それで、渋谷に行った。

全て、徒歩だ。

それで、よっちゃんに出会ったのだ。

お金を借りた。

三千八百二十六円。

よっちゃんが持っていたお金のちょうど半分だ。

涙が出た。

質流れ品を扱う店で、シャツを買い、上着を買った。

大鳳は、自分が身につけていたシャツと上着をそこで売った。

ブランドものの、そこそこいいものであったので、差額の二百円を、その店で支払った。

よっちゃんに、頼みごともした。

その、残った金を使い、コンビニでおにぎりを買って食べた。

よっちゃんとふたりで、渋谷で野宿をした。

ほとんど眠れなかった。

朝になった時には、これからどうするかを大鳳は決めていた。

それで、円空山に電話を入れたのである。

雲斎に、相談したかったのだ。

この計画には、協力者が必要だったからだ。

雲斎は、おそらく止めるであろう。

止められたら、逆に、どうすればいいのかと問うつもりであった。

それで、電話を入れたら、なつかしい声が聴こえてきた。

九十九三蔵が電話に出たのである。

5

「いったい、どうする気なんだ」

九十九が、大鳳に訊ねた。

「約束の時間に、その場所へ行きます」

大鳳は言った。

「しかし、おまえが行ったからって、奴らが深雪ちゃんを返すかどうか、わからないんだぞ」

「承知しています」

大鳳はうなずき、

「でも、考えていることがあるんです」

「何なんだ」

「彼らにわざと、捕まって……」

「捕まって？」

「騒ぎを起こします」

「どんな騒ぎなんだ？」

「その場で考えます。場合によっては、彼らの潜伏しているところまで一緒に行ったっていいんです――」

「――」

「その時は、彼らの潜伏先で、騒ぎを起こしますので、その隙に深雪ちゃんを救い出して欲しいんです」

「救い出すって、誰が……」

「――」

「おれか⁉」

ようやく気づいたように、九十九は声をあげていた。

「しかし、奴らが現場まで深雪ちゃんを連れてくるかどうか――」

「ですから、その時は、彼らが深雪ちゃんを隠しているところまで……」

「そう、うまくゆくかどうか――」

おそらく、その現場には、亜室健之たちもやってくるだろう。いや、必ずくる。亜室健之たちも、その現場こそが、大鳳を連れもどす機会だと考えているに違いない。

「やるしかありません」

すでに覚悟を決めている――そういう声であった。

「待て――」

九十九は言った。

「まだ、言ってなかったことがある」

「何です？」

「奴らが、深雪ちゃんを隠しているかもしれない場所の見当がついたんだ」

「その場所は？」

「伊豆さ」

「伊豆のどこですか？」

「伊豆高原駅の南――」

溶岩台地の森の中にある家のことを、九十九は大鳳に告げた。

「どうして、そんなことを知ってるんですか――」

「しばらく前に、龍王院弘がやってきて、教えてくれたんだよ」

「何故、龍王院弘が……」

「おれにもよくわからない。何かねらいがあるんだろう」

九十九は、自分が疑問に思っていることを口にした。

「そこに行きます」

大鳳は、迷わずそう言った。

「そこって――」

「彼らのいるその家へ」

「確かにそこかどうかもわからないんだぞ」

「でも――」

「警察に知らせる手もある」

「それだと、深雪ちゃんが……」

「しかし……」

「行きます」

大鳳の声は、真っ直ぐである。

迷いがない。

九十九は、軽い嫉妬を覚えた。

「行くといっても、まさか、玄関のドアをノックして、大鳳です、と言うわけじゃないんだろう」

「いよいよとなったら、それでもいいと思っています」

「――」

「それなら、彼らは深雪ちゃんを自由にしなくとも、生命をとろうとまではしないでしょう。ぼくに、言うことをきかせるためには、深雪ちゃんが、無事で、生きていることが必要ですから。少なくとも、深雪ちゃんと一緒にいることができる。そのうちには、深雪ちゃんを助けだす機会があるかもしれません。それに――」

「それに？」

「考えていることが、ひとつ、あります」

「考えてるって何を――」

「今は、言えません」

「今は？」

「言えないんです。すみません」

「いいさ——」

「ぼくは、行きます。九十九さんはどうしますか——」

「どう？」

「一緒に行きますか。一緒に来てくれれば、助かります。でも、無理には頼めません。危険な目に遭うでしょうから——」

「行くさ。もちろん」

「待ってます」

「どこで？」

「荒久の海で——」

「今、どこにいるんだ」

「小田原です。早川港にある電話ボックスから、電話しています」

「わかった」

「一時間後に。来なければ、ぼくひとりでゆきます」

その声を最後に、大鳳の電話は切れていた。

6

ゆく。
ゆかねばならない。
それも、すぐに。
だが、やらねばならないことがある。
それをやらねば、ゆけない。
九十九は、あの石の前に立った。
量感のある大きな石——岩だ。
玄武岩の自然石だ。
もはや、理屈はいい。
考えるのもやめだ。
気だろうが、力だろうが、そんなものはいい。
どちらだってかまわない。
息を吸い込む。
肺が、新しい空気で満たされる。
気持ちがいい。

それを吐く。
そして、吸う。
新しい空気、新しい酸素が、身体に満ちる。
石垣に、斜めにたてかけられた石。
それを見つめる。
いい石だ。
自然そのもののようであり、宇宙そのもののようである。
息を吐く。
吸う。
呼吸とともに、自分が宇宙になってゆくような気がする。
体内に、どんどん宇宙が溜まってゆくのがわかる。
自分が石になってゆく。
いいぞ。
いい感じだ。
この感じが、錯覚であろうが、他の何であろうがいい。
いい感じ——これでいいではないか。
他に必要なものは？
ない。

ただ、呼吸をするたびに、自分が宇宙になってゆく。
自分が、自然になってゆく。
人間だって、そもそもは自然の一部だ。
あらためて思うまでもない。
あたりまえのことだ。
身体が、どんどんあたりまえになってゆく。
自分の身長ほどはないが、自分より重いのは間違いがない。
この量感の中心を貫く。
斜め下方へ、体重を乗せて、おもいきり。
肘だ。
肘がちょうどいい。
足の位置はこのくらいか。
うん。
これでいい。
何だってできそうじゃないか、今のこのおれは。
ふわり、
と、不安がよぎる。
もしも、割れなかったら――

割れなかったら、肘の骨が砕ける。
ぐちゃぐちゃになる。
ふうん。
不安があるくらいの方がいい。
これで、不安がないというのは、よほどの自信家で、ようするに馬鹿だってことだ。
いや、馬鹿でもいいいか。
おれは、馬鹿だ。
それでいい。
不安も、馬鹿も、それは自分の要素であり、それが自分ではないか。
その自分を、体重に乗せて、肘を使って石に届ける。
全てを。
呼吸をする。
吸う。
吐く。
石を見る。
いい感じだ。
力が満ちてくる。
力が満ちてゆく。

いつゆく。

考えなくていい。

その時が来たら、自然に身体が動く。

今、体内に満ちて、満ちて、満ちて、満ち満ちてゆくものが、そのうちにどうしようもなくなって、身体から溢れ出す。

その時だ。

ああ――

待っていろ。

大鳳。

深雪。

おれは、ゆくよ。

必ずゆく。

おまえは、おれが守ると言ったっけ。

そうじゃない。

そうじゃなかった。

守られていたのは、おれではないか。

雲斎に。

久鬼に。

大鳳に。
深雪に。
みんなにおれは守られていたのだ。
そして、その思いと共に——
溢れた。
宇宙が、丸ごと、九十九の身体から飛び出していた。
真っ直ぐに。
その真っ直ぐに、力が乗り、自分が乗り、自身の思いを、全てを、丸ごと届けた。
石に。
「かあああああっ!!」
九十九は、叫んでいた。
しかし、九十九は、自分の口から声が出ていたことに気づいていない。
まっ白な、白熱する塊り。
そういうものに、九十九はなっていた。
肘が当たった。

7

雲斎が円空山に帰ってきたのは、夕方であった。
途中、何度か電話を入れたのだが、受話器を取る者はいなかった。
「九十九、いるか？」
もどってきて声をかけたが、応える声はない。
裏手へ回った。
そこで、雲斎は見た。
それが、箱根外輪山の向こうへ没する寸前の赤い陽光を浴びているのを。
雲斎が割った、石の横——
そこに、石垣にたてかけられていたはずの石がなかった。
いや、石は、そこにあったのだ。
しかし、それは、たてかけられてはいなかった。
誰かが、倒したのではない。
それは、中央で、真っぷたつに割れていたのである。
「ほう……」
雲斎は、残照の中で、その割れ口をしげしげと見つめ、

「あやつめ、気ではなく、ただの馬鹿力でこれを割りよったか」

そうつぶやいた。

感嘆の声をあげ、次に、雲斎は、微笑を浮かべた。

少し、淋しげな微笑であった。

少し、誇らしげな微笑であった。

「三蔵め、ようやっと、わしの手を離れたかよ——」

雲斎は、そうつぶやいて、独り、そこでうなずいたのであった。

転章

1

風が吹いていた。
海から吹きよせてくる冷たい風だ。
九十九の短い髪が、その風で揺れている。
砂を踏んで、歩く。
何度となくきた海であった。
右手に、箱根の外輪山が見えている。
正面が青い海だ。
その海に向かって、右手から、水平線にそってのびているのは、真鶴半島である。
飲んで、酔い、吐いたことのある海だ。
足の下に、砂が軋む。

早川の河口が、すぐ向こうに見えている。

その横に、人の姿が見えた。

後ろ姿だ。

砂の上に座して、海を眺めている。

ジーンズに、青いシャツ。

そして、薄い上着。

他には、身につけていない。

この十二月の風の中にあって、寒さを感じていないらしい。

少年のようだ。

頭に、ニットの帽子を被っているが、その帽子の下から、髪が外へ流れ出て、その先が風に揺れている。

九十九には、その後ろ姿の少年が、誰であるかわかっている。

歩いてゆくにつれ、眼に、涙が溢れそうになってくる。

ほんの数カ月だ。

会っていないのはただそれだけなのに、十年以上も会っていないような気がする。

その背へと近づいてゆく。

ゆっくりと、その背が動き、少年が振りかえった。

その顔が、微笑する。

その微笑が、少し歪んでいる。

いや、それは、自分の眼に溢れかけた涙が、そうさせているのか。

「大鳳――」

九十九は、そう言って立ち止まった。

「九十九さん……」

少年が立ちあがる。

少年は、たくましく、少し、大人になったようであった。

「おれたちは、ゆかねばならない」

九十九は言った。

一度踏み込んだら、引き返せない道だとわかっている。

しかし、ゆかねばならない。

「行きましょう」

深雪のもとへ。

2

蜜柑《ミカン》畑の道を、坂口《さかぐち》は登っている。

よく陽が当たっていて、十二月にしては、あたたかい。

ジーンズに、Tシャツ。

その上に、ダウンのジャケットを着ているのだが、前は大きく開いたままだ。

履いているのは、コンバースのバスケットシューズである。

その靴底が、土を踏んでゆく。

風祭から、ここまで登ってきた。

駅からは、一〇〇メートル余り——

気のせいか、空気が澄んでいるような気がする。

山の斜面に、蜜柑の樹が植えられていて、摘み残した蜜柑のオレンジ色が、陽を反射して光っている。

尾根近いところに出ると、雑木林になった。

葉の多くは落ちてしまっているが、まだ、紅葉した葉を残している楓もある。

円空山に向かっているのである。

九十九に会うためだ。

このところ、大鳳がずっと授業に出ていない。

休学届が出ている。

両親の仕事の都合で——ということになっているらしいが、その都合が何であるかを、担任の教師は語らなかった。

何人かに訊ねてみたが、誰も大鳳のことを知らなかった。

同学年――つまり、西城学園の一年生では、織部深雪くらいしかもう訊ねる相手がいない。

しかし、深雪には、入学早々に、ちょっかいを出して、訊ねるには気後れするところがある。

中学の時は、喧嘩が強かった。

強そうな奴を見たら、喧嘩をふっかけて負けたことがなかった。

煙草も中学の時から吸っていたし、授業をさぼることも平気だった。

札つきのワル――教師から見れば、そういう生徒だった。いや、教師から見たらではなく、誰から見ても、そうだったろう。

その自覚がある。

正義の喧嘩しかしたことがない――などとよく言う者がいる。

相手がひどい奴だったので、しかたなく――あるいは、我慢したのだが、ついに我慢しきれなくなって、喧嘩になった――そんなことを言う人間がいる。

少なくとも、自分は違う。

我慢なんかしなかったし、無理やり喧嘩にもち込んで、相手をぶちのめしたりしたことも度々だった。

相手がひどい奴で、周りから嫌われているような人間であったことはむろんあるが、その相手より自分の方がひどい奴だと、普通にそう思う。自分の方がもっと嫌われていたのではないか。

家が貧乏であったわけでもないし、親がひどい人間であったわけでもない。

ただ、自分がこういう人間であったというだけだ。

人に、好かれようと思ったことはない。

自分は自分。

小学生の時から、身体が大きく、誰と争っても負けたことがない。

それが、自分を増長させたということはあるかもしれないが、身体がでかいだけで、みんなが〝ワル〟になってしまうのなら、世間はワルだらけになってしまうだろう。

ひとつだけ言えることがあるとするなら、それは、ワルはワルなりに、仲間を大事にしたということだ。

自分より、下であることを認め、ついてくる者に対しては、徹底的に面倒をみたということだ。

仲間、というよりは子分だ。

子分を持ちたいわけではなかった。みんなで群れて、その中でちやほやされたいわけではなかった。それでも、自分についてくる者がいる。

そういう仲間は、かばった。

それが、他校の生徒を殴ったという事件であれ、万引をしたということであれ、女を孕《はら》ませてしまったということであれ、当人を守った。

善悪の基準ではない。

生き方の善し悪しを言うつもりはさらさらない。自分が、そんな説教をたれる柄でないのは一番よくわかっている。

仲間である――それで、充分だった。

相手が、大人であれ、教師であれ、ヤクザであれ、同じだ。

仲間のふたりが、おもしろ半分で、黒塗りのベントレーを釘で傷つけた。

それが、ヤクザの車だった。

現場で見つかり、そのまま、ひとりが拉致された。

ひとりが逃げて、泣きながら坂口に報告した。

話を聞いてみると、菊水組の幹部らしい。

坂口は、その幹部の男の屋敷まで出かけていった。

ただ独りである。

ヤクザ相手に、武器も持たず、素手で押しかけて、どうにかなるとは思っていなかった。

肚《はら》をくくった。

その幹部の男は、庭で鯉にエサをやっていた。

「仲間を返してくれませんか」

坂口は言った。

「何のことかね」

男は言った。

坂口は、説明をしようとした。

しかし、言葉がうまく出てこない。

話すのは、得意じゃない。

「指を詰める」

坂口は言った。

懐から出刃包丁を出した。

周囲にいた男たちが、いろめきたって、坂口から出刃包丁を奪おうとした。

「放っておけ」

その男が言うと、周囲にいた男たちがおとなしくなった。

指を詰める、とは言ったものの、やり方はわからない。

庭石があったので、その上に左手をのせ、右手に包丁を持って、刃を左手の小指にあてた。

「誰か、こいつを持っていてくれませんか――」

男に眼で合図をされ、ひとりの男が、指にあてられた包丁を握った。

坂口は、下に転がっていた石を、あいた右手でつかみ、それを差しあげて、おもいきり、包丁の峰へ打ち下ろそうとした。

「やめとけ」

男が言った。

「あんた、迷惑だよ。そんなマネをされたら、警察は来るわ、マスコミは来るわで、たいへんなことになる」

男の語るところによれば、坂口の仲間は、さっき、

「帰したよ」

という。

「中学生の坊やを連れてきたやつは、叱っておいた。面倒は持ち込むな、とね——」

もしも、怪我をさせていたら、殺して海へ沈めねばならない——

そういうことを言ったら、連れて来られた坂口の仲間は、小便を洩らし、泣きだした。

そのまま、放り出すようにして、帰した。

その後、坂口がやってきたのである。

「でかいの、いい面構えだが、さっきの子供とは……」

「同級生です」

「と言うと、中学生かね」

「ええ」

「ふうん……」

幹部の男は、しばらく、しげしげと坂口を眺め、

「こっちへ来て、この道に入ったら、人が集まるよ。もっとも、来るのを勧めてるわけ

じゃないけどね」

そう言った。

それで、坂口は帰されたのである。

そういうことで言えば、大鳳は仲間ではない。

九十九も、仲間ではない。

しかし、気になった。

大鳳のことも、九十九のことも。

知り合いではあるが、友人と言えるほどの仲ではない——たぶん……

九十九のことを、自分はどうやら気にいっているらしい。

子分とか、どっちが上でどっちが下という関係でない関係——それを表現すれば、友人、というしかない。しかし、そこまで考えてくると、妙に気恥ずかしくなって、自分でその思考を停止してしまう。

大鳳のことは、気になる。

九十九とはまた別の意識が自分の内部にあるのはわかっている。

危うそうで、守ってやりたくなるほど繊細で……そして、怖い。

見ていると、ついついちょっかいを出してしまいたくなるのは、その繊細さと怖さがあるからだ。その怖いものに触れてみたくなるような……

うまく言葉にならない。

ならなくていい。

とにかく、自分は、大鳳のことが気になっている。

気になると言えば、久鬼麗一もそうだ。

久鬼のやつも、ずっとその姿を見ていない。

自由登校になる以前からだ。

退学届が出ているという噂は耳にした。

本当に久鬼は退学してしまったのだろうか。

あの、とりすました久鬼の顔が浮かぶ。

あいつが、一番やばいやつなのかもしれないな——

そうも思う。

色々と九十九に訊ねたいのだが、すでに三年生である九十九は、自由登校になっている。大学受験や、就職試験のため、自宅にいてもいいし、登校して学校で自習をしてもいい。そういう時期になっているのである。

だから、九十九は、学校に出てきていない。

家に電話をしたら、外出中だというので、たぶん、円空山であろうと見当をつけて、今、そこへ向かって足を運んでいるのである。

海から吹いてきた風が、坂口の頬にあたる。

もしかしたら、自分は、彼らに会いたいから、大鳳のことを心配しているふりをしているのかもしれないとも思う。
円空山に着いた。
声をかけてみたが、返事はない。
一度、二度、三度声をかけて、坂口はそれをやめた。
左手へ回って、小舎の裏手へ出るつもりだった。
途中で、坂口は足を止めた。
何かの、匂いを嗅いだのだ。
焦げ臭いような、火薬の匂いのような……
大気の中に、わずかに混ざる匂い。
ふっ、
と、横手を見る。
左側に、石垣がある。
その下に、大きな石が、ふたつに割れて、転がっていた。
以前、ここへ来た時に、聞いたことがある。
九十九が、雲斎に、割るように言われていた石だ。
その時は、この石は割れていなかったはずだ。
その右横には、雲斎が割ったという石が、ふたつになって転がっている。
今、見ているのは、九十九が割るように言われていたはずの石だ。それが割れていて、その匂いは、そのふたつになった石から漂ってきているのである。

割れ口に、顔を近づけると、匂いが濃くなった。

間違いない。

石と石を叩きつけた時に、ほんの一瞬生ずる、あの匂いだ。

石どうしがぶつかったり、割れたりした時に香るあの匂いだ。

ということは、この石は、まだ割れたばかりということだ。

つまり、この石を割ったのが人間なら、ここから去ったにしても、そいつはまだ遠くへ行ってないということだ。

この石を割った人間——それは、ただひとりしか考えられない。

九十九三蔵——

あいつが、ついに、この石を割ったのか。

凄いやつだ。

しかし、どこへ行ったのか。

風祭へ下ったのか。

ならば、途中で自分と出会うはずであった。

そうでないなら——

ここから、西城学園の方へ向かったのに違いない。

坂口は、九十九の後を追おうとして、小舎の陰から、出た。

出たそこで、坂口は、再び足を止めていた。

そこに、人が立っていたからである。

それは、九十九三蔵でも、真壁雲斎でもなかった。

雲斎が、ここへもどってきて、割られた石を発見するのは、この同じ日の夕方である。

そこに立っていたのは、阿久津であった。

3

阿久津は、円空山に向かって歩いていた。

西城学園に顔を出し、空手部の稽古が始まる時に挨拶をして、そのまま円空山に向かったのである。

三年生である阿久津は、すでに自由登校の状態である。

決められた登校日以外は、好きな日に登校すればよい。

今日は、その好きな日であった。

本当の目的は、西城学園ではない。

円空山であった。

久鬼のことが気になっているのである。

夏以来、ずっと久鬼には会っていないからだ。

いったい、久鬼はどうしているのか。
あの大鳳もそうだ。
ふたりとも、ずっと、二学期が始まってから学校に姿を現わしていない。
大鳳は休学届が出ている。
久鬼は退学届が出ている。
事情を学園側に訊ねても、
「家庭の事情で――」
と答えるだけだ。
事情とは何か。
誰に訊ねても、その事情は知らないと言う。
山王にある久鬼の家まで出かけたことがある。
久鬼麗一の父親である久鬼玄造に会って、事情を訊ねるためである。
何度か通ったのだが、一度も父親には会うことができなかった。
「今は言えない」
そう答えたのが、九十九であった。
〝今は言えない〟
ということは、九十九は何かを知っているということになる。
何を知っているのか。

「教えてくれ」

そうつめよったが、返ってきた答えは、

「言える時になったら言う」

というものであった。

久鬼には、何か秘密がある。

それは、二年前、初めて会った時から感じていたものだ。

二年前の夏、自分たちは、奇怪な体験をした。

空手部の合宿の時だ。

赤城志乃、
黄奈志悟、
青柴健吾、
黒堂雷、
この人間たちがやっている〝もののかい〟との奇妙な事件。

北島四郎という男に、血を吸われ、皆おかしくなって、互いに血を吸ったできごとがあった。

不思議な事件だった。

あの時、自分は、久鬼麗一と知り合い、この漢のためなら――そう思うようになったのである。

そして、いつも久鬼の側にいた亜室由魅――
彼らがそろって、夏以来、ずっと姿を見せていないのである。
もう、このままなら会わぬまま年を越してしまうことになる。
そうなったら、すぐに卒業式だ。
会う機会はもうなくなってしまうのではないか。
会わねばならない。
九十九も、久鬼も、共に二年前にあの夏を、あの異常な事件を体験した仲間である。
その仲間が、会わぬまま別れ別れになっていいものか。
いいわけはない。
そして、阿久津は、九十九に会う決心をしたのである。
九十九は、携帯電話を持っているが、電源をオフにしていることが多い。
一九九五年十二月――
この頃、携帯電話はすでにあったが、高校生で持つものは、まだ少なかった。
九十九の家に電話を入れたら、今日は出かけているということであった。
円空山に行っているのではないかと言われた。
それで、円空山にゆく決心をしたのである。
何が何でも――
そう思っている。

何か知っているなら、それを九十九に訊ねる。
問いつめる。
場合によったら腕ずくでも。
九十九には、勝てぬであろう。
勝ったところで、言うまいと決めているのならそれまでだ。
しかし、こちらの決心は伝わるであろう。
自分の思いは、九十九に届けられるであろう。
高校時代最後の闘い――
それをする覚悟で、足を運んでいるのである。
そして、円空山に着いた。
九十九も、真壁雲斎もいなかった。
鍵が掛かっていて、戸は開かなかった。
どうしたものかと思ったら、人の気配があった。
そちらへ顔を向けると、小舎の陰からひとりの男が出てきた。
九十九三蔵でも、真壁雲斎でもなかった。
身体のでかい男だった。
「よう」
と、その男が声をかけてきた。

「おまえか……」

阿久津は言った。

4

「おまえか……」

と、その男は、坂口に言った。

阿久津だった。

「なんで、おまえがここにいるんだ？」

「いちゃいけないのかい」

阿久津が、言う。

「一年坊は、授業がある。授業はさっき終わったばかりだ。おまえがここにいるってことは——」

「さぼったんだよ」

「——」

「説教しに来たんじゃないんだろうな」

「まさか——」

「しけた面してやがるぜ。なんでそんな怖い顔してるんだ。おれに喧嘩をふっかけに来たって面だ」

「九十九に会いに来たんだ」

「おれもさ」

「九十九はどこだ」

「いないよ」

「どこへ行った」

「知らないね。おれだって捜してるんだ」

「どこから来た」

「風祭からさ」

「会わなかったか」

「会ってない。あんたは、どこから来たんだ——」

「西城学園からだ」

「会ってないのか」

「ない」

「さっきまで、あいつはここにいたんだよ。それはわかってる。風祭へ下るにしても、西城学園に向かうにしても、おれたちのうちのどちらかには会っているはずだ」

「だろうな」

途中、分かれ道は幾つかある。

蜜柑畑の間の道も、細かく分かれているが、風祭に下るなら一本である。

城山へ出て、そこから城山競技場の方へ下るにしても、いったんは、西城学園の裏手に出ることになる。

それならば、阿久津に会っている可能性が高い。

出会っていないというのなら、九十九はどう下ったのか。

「海か⁉」

そう言ったのは、坂口であった。

風祭から西城学園にゆく尾根の道で、途中、右手へ下る道が何本かある。しかし、どれも、九十九がその道を下る理由が思いつかない。

しかし、ただひとつ、下ったかもしれないと想定できる道がある。

それは、西城学園の手前で、板橋へ下る道だ。

その道ならば――

九十九が、海へ出る時に利用することがある。

海――

地元の人間が、早川港と呼ぶ、小田原港へゆくこともできるし、南町を抜けて御幸が浜へ出ることもできる。

「御幸が浜か⁉」

阿久津が、そうと確信したような声で言った。

あなたのことを

あなたのことを
まだ想っている
遠い日の風のように
どこかへ吹いていったきり
もうもどってこないひと
もの
今頃は
穂高や槍ヶ岳の
あの岩峰のあたりを
吹きあげているか
ヒマラヤか
アンデスの
雪の上から
青い宇宙の虚空に向かって

吹きあげているか
それとも
ロンドンか
パリの
あの路地を吹いているか
あるいは
カトマンズのあの雑踏か
アラスカのあのユーコンの
川面の上を吹き渡っているか
それはわからないのだけれど
今もどこかを吹いているだろう
あの街の
あの村の
泣いていた赤ん坊の口元を
野良で働いていた
あのふしくれだった手の上を
あの風はさまよっているのかもしれない

もういいのだよ
もういいのだよ
許そう
そして許して欲しい
あの風のことを
この風のことを

岩村賢治

『キマイラ22 望郷変』へつづく

あとがき（ノベルス版より）　――日暮れていまだ道遥かなり――

書くこと、つまり、仕事ということについて考える。

つまりは、これは生きるということについて考えるということなのだが、仕事、道というものには果てがない。

この道に入って四十数年、ここまでやってきて、まだ、行先はただひたすら遥かである。どこまでも彼方の彼方だ。ゴールなどない。ないと承知はしていたのだが、今あらためて、それをしみじみと実感しているところなのである。

六十七歳――

ほどよくおとろえましたよ。

体力は落ち、色々なものが、すりへり、一生抱えてゆく持病のごときものも幾つかありますよ。

しかし、六十七歳がこれほどまでにおろかであるとは――

これには驚きましたよ。

進歩なし。

この道に一歩を踏み出した自覚はあるのだが、はてそれからいったい何歩歩むことができたのか。

ふりかえっても、歩みはじめた頃の風景は、茫洋としてさだかでない。行先はさらに遠く、星のかそけき光も見えていない。

ただあるのは、これを一生続けるという意志のみである。

どれほどおとろえても、どれほどすりへっても、これを続ける以外にない。

物語を書き続けること。

物語を旅する私度僧でいい。

生きるための行《ぎょう》として物語を書きたい。

それが、ある意味、菩薩行のようなものとして、ほんのわずかながらでも成立しているのなら嬉しい。

正直に告白しておくが、ぼくはいつも、自分のために書いている。もうしわけないが、まず、自分という読者のために、書いているのである。自分で読みたいものを、自分というものが、自分のために書いている。自分をおもしろがらせたい、自分を驚かせたいと、いつもそう思って書いているのである。

自分がおもしろいと思わずに、どうして読者をおもしろがらせることができるのか。

『キマイラ』は、あと数巻で、完結するはずである。そう思って、今、書いている。

そのための準備を、少しずつ始めているのである。

ああ――
信じられますか。
真壁雲斎の年齢を、ぼくがもう五つも超してしまっているなんて。
引っ越しで、この四十年分を整理しはじめて、もう四カ月が過ぎてしまった。
仕事の多くを、四カ月さぼってしまった。
はじめてのことだ。
急げ。
書くぞ、書くぞ。
これからは、残りの一生、狂ったように書きたい。
それが、ぼくの望みである。
書きながら、死ぬのでいい。

二〇一八年一月三十日　小田原にて――

夢枕　獏

本書は、二〇一八年三月に朝日新聞出版より刊行された作品を文庫化したものです。

キマイラ21

堕天使変《だてんしへん》

夢枕《ゆめまくら》 貘《ばく》

令和2年 8月25日 初版発行
令和6年 12月15日 再版発行

発行者●山下直久

発行●株式会社KADOKAWA
〒102-8177 東京都千代田区富士見2-13-3
電話 0570-002-301(ナビダイヤル)

角川文庫 22282

印刷所●株式会社KADOKAWA
製本所●株式会社KADOKAWA

表紙画●和田三造

●お問い合わせ
https://www.kadokawa.co.jp/ (「お問い合わせ」へお進みください)
※内容によっては、お答えできない場合があります。
※サポートは日本国内のみとさせていただきます。
※Japanese text only

ISBN 978-4-04-109688-8 C0193

◆◆◆

角川文庫発刊に際して

角川源義

第二次世界大戦の敗北は、軍事力の敗北であった以上に、私たちの若い文化力の敗退であった。私たちの文化が戦争に対して如何に無力であり、単なるあだ花に過ぎなかったかを、私たちは身を以て体験し痛感した。西洋近代文化の摂取にとって、明治以後八十年の歳月は決して短かすぎたとは言えない。にもかかわらず、近代文化の伝統を確立し、自由な批判と柔軟な良識に富む文化層として自らを形成することに私たちは失敗して来た。そしてこれは、各層への文化の普及滲透を任務とする出版人の責任でもあった。

一九四五年以来、私たちは再び振出しに戻り、第一歩から踏み出すことを余儀なくされた。これは大きな不幸ではあるが、反面、これまでの混沌・未熟・歪曲の中にあった我が国の文化に秩序と確たる基礎を齎らすためには絶好の機会でもある。角川書店は、このような祖国の文化的危機にあたり、微力をも顧みず再建の礎石たるべき抱負と決意とをもって出発したが、ここに創立以来の念願を果すべく角川文庫を発刊する。これまで刊行されたあらゆる全集叢書文庫類の長所と短所とを検討し、古今東西の不朽の典籍を、良心的編集のもとに、廉価に、そして書架にふさわしい美本として、多くのひとびとに提供しようとする。しかし私たちは徒らに百科全書的な知識のジレッタントを作ることを目的とせず、あくまで祖国の文化に秩序と再建への道を示し、この文庫を角川書店の栄ある事業として、今後永久に継続発展せしめ、学芸と教養との殿堂として大成せんことを期したい。多くの読書子の愛情ある忠言と支持とによって、この希望と抱負とを完遂せしめられんことを願う。

一九四九年五月三日